男孩、彩虹鳥與棺材匠

The Boy, the Bird and the Coffin Maker

Matilda Woods
瑪蒂妲·伍茲 著

Anuska Allepuz
安娜斯卡·艾勒帕茲 繪

王翎——譯

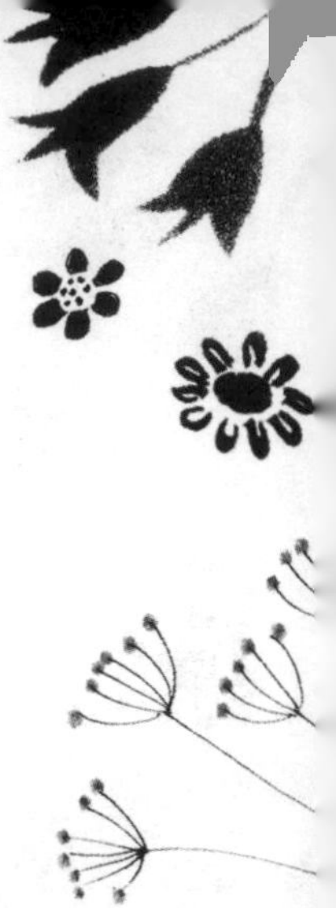

目次

名家導讀

帶有現實與魔幻魅力的青少年小說

文／葉嘉青（臺灣師範大學講師暨臺灣閱讀協會常務理事）

《男孩、彩虹鳥與棺材匠》是本帶有現實與魔幻魅力的青少年小說，文圖以蘊含美感的藝術形式表達思想深沉、情感幽遠的寓言故事。探討親情、友誼，以及人我的價值。一旦開卷便會欲罷不能的被巧妙轉折、逆境逢生的情節吸引，沉浸在反覆閱讀的喜悅和滿足中。

故事源起於一場流行性傳染病，奪走了許多鎮民的生命，包括木匠阿貝托所有的家人以及他活著的動力，而阿貝托的職業也從木匠轉為鎮上唯一為人打造最後安息所的棺材匠。在對死者送往迎來的過程中，阿貝托總是真心的付出，但經過了三十年，他仍禁錮在喪失親人的哀傷中，直到遇上逃來小鎮的男孩迪多和彩虹鳥菲亞，從此三者成了相互依存的共同體。

到底迪多為何懼怕及躲藏？阿貝托為何寧可冒險坐牢，也要捍衛非親非故的迪多？人云亦云的公平正義是絕對的律法嗎？種種人性考驗，以及友誼轉化為親情的波折牽動了讀者的思想與情感。

欣賞《男孩、彩虹鳥與棺材匠》最棒的樂趣之一是能品味精鍊優雅的語彙和清新的說故事風格。當作者瑪蒂妲．伍茲以全知的眼光敘述時，詞藻華麗如散文詩。例如故事一開始，就生動的描述每天都有銀白魚群如雨點從空中灑落，街道上房屋色彩豐富，連畫家的顏料都不夠用的小鎮。喚起讀者視、聽、嗅、味、觸的感官記憶，想像這個沿海山鎮奇特的地貌景觀、疫病前吸引觀光客前來的原因，以及當地的經濟狀態和居民習性。

當靈魂人物阿貝托出場時，為了突顯他慈祥、仁愛、無懼的照顧者性格，伍茲用間接的方式，先描述阿貝托位在山丘頂、墓園旁的家——像一顆明亮的淺藍色寶石，閃爍的照亮整個海面。幫助讀者認識房子的主人阿貝托，不論陰森淒冷的墓地或死亡，都掩蓋不住他的溫暖能量，並且如燈塔般的發出光芒引導迷航者。相較之下，專門豎耳竊聽、搬弄是非，讓阿貝托蒙冤受難的費娜絲特拉姊妹，則被描述成參加葬禮像是參加婚禮般的愚婦，平日講起男人十分惡毒，講起女人，舌頭簡直像是強酸的刻薄鄰居。兩者性格的強烈對比，增添了嘲諷的趣味，也反映了真實人性的善與惡。

此外，書中角色的獨白，或是彼此的對話也生動簡潔的表現出內涵，比如阿貝托為了讓逝世後沒人安置的波尼朵小姐不被孤伶伶的遺棄，特別花時間陪伴她，整修自己的棺材讓給她，並承諾會盡量將棺材改造得舒適些。阿貝托甚至安慰已逝的波尼朵小姐說：「現在不用擔心，我會照顧妳的……我也會幫妳在墓園裡買一個位子。」顯示他充滿愛心、慷慨、體貼，但非常孤獨。之後當阿貝托遇到危急時刻，麵包師傅恩佐冒險警告，那誠摯的友誼令人動容，也讓讀者透過朋友的眼光更加了解與信任阿貝托，與他產生共鳴。

全書精湛的文本提供了情節的脈絡與意義，刺激想像，召喚出豐富的畫面感，加上麥克米倫獎得主安娜斯卡．艾勒帕茲充滿奇幻魔力的插圖，自然的將一切必要的資訊和情感整合進情節中，順著故事的進展，漸次的披露主角及小鎮人、事、物的特質和祕密，讓讀者彷彿欣賞了一場流暢、扣人心弦的紙上電影。

結局巧妙安排了阿貝托為迪多念床邊故事的橋段，戲劇性的轉折呼應了主角間緊密結合的意義和價值，激發讀者對於生命奇蹟的想望，並鼓舞了面對艱難時，不氣餒的勇氣。

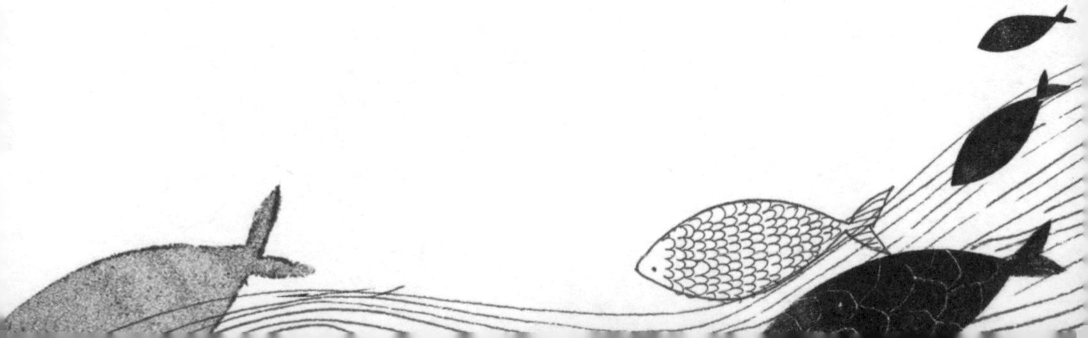

獻給我的家人——
包括兩隻腳的，以及四隻腳的

棺材匠的第一副棺材

亞羅拉鎮以兩件事情聞名：一是飛魚，二是蜿蜒的美麗街道。觀光客從全國各地前來看魚群飛出海面。畫家也來了，用顏料畫出一棟棟色彩鮮明、如階梯般沿亞羅拉山丘層疊砌建的房屋。房屋的顏色豐富多變，連畫家的顏料都不夠用。據說（至少費娜絲特拉姊妹如此聲稱），偉大的畫家吉烏塞佩．韋尼切為了畫她們家的屋頂，甚至創造了一種全新的顏色。

「叫做『亮蛋黃色』。」羅莎．費娜絲特拉告訴所有願意聽她說話的人。

「磨碎孔雀羽毛上的眼斑製成的。」克萊拉．費娜絲特拉補充，並睿智的點了點頭。

兩姊妹逢人就誇耀自家房子色彩多麼明亮，其實她們家隔壁的房子更勝一籌。

山丘上最高的一棟房子是阿貝托．卡維洛的家，如果再往上走，就會抵達山丘頂的墓園。阿貝托的房子像一顆明亮的淺藍色寶石，閃爍的光芒照亮整個海面。房子不但明亮，還很熱鬧。阿貝托和妻子薇蕾塔搬進來的時候，房子很熱鬧。他們的第一個孩子——女兒安娜瑪麗出生之後，房子更熱鬧了。他們的兒子安東尼奧來到這個世界以後，房子裡更加熱鬧。當愛伊達第一次在明亮的四壁之間號啕大哭，房子裡更是熱鬧滾滾。

阿貝托是亞羅拉鎮首屈一指的木匠。白天他為客戶製作床、桌子和椅子，晚上他為兒女製作玩具。

阿貝托每做出一件新玩具，就有一種新的聲音響徹整棟屋子：安娜瑪麗跳下旋轉椅的開心尖叫聲；愛伊達要安東尼奧還來寶貝娃娃的怒吼聲；還有同一個安東尼奧騎著木馬，在樓梯跑上跑下高喊「馬兒快跑！快跑！」的聲音。

他們全家度過快樂的七年，房子總是明亮、熱鬧又充滿活力，直到疫病襲來。

疫病在冬日最冷的那一個月分現身，直到春天才傳到亞羅拉鎮。最先患病的是修築從亞羅拉通往北方新鐵路的工人，接著是照顧工人的醫生，以及前來畫下小鎮的畫家。全鎮只有一個家族有錢逃

離。鎮長請了長假，帶著全家人前往疫病沒傳播到的地方。

「祝大家好運！」他轉過肥胖的肩頭大喊。六匹白色駿馬拉動的舒適馬車將鎮長全家載往遠方。

一開始，人們將死者埋在墓園——原本一個墓穴裡埋一具屍體，接著兩具、三具。隨著疫情逐漸擴散，必須採取其他措施。

墓園後側新建了一扇柵門，向下挖鑿出一道通往水裡的狹窄石階。人們不再埋葬死者，而是用毯子裹住，拋進波濤洶湧的大海。

死人的數量不停增加，活人的數量逐漸減少，亞羅拉鎮的鋪石街道愈來愈安靜。房屋的油漆沒有人重新粉刷，原本敞開迎接春天的百葉窗全都拉下緊閉。就連費娜絲特拉姊妹也不再頂著大鼻子到處打探。

亞羅拉鎮就像街道上還未完成就遭遺棄的畫作，逐漸黯淡褪色。

疫病沿著山丘，挨家挨戶向上蔓延，最後來到阿貝托家。

首先染病的是年紀最大的孩子。安娜瑪麗坐在最愛的椅子上看書時，阿貝托注意到她左耳後面出現一塊紫斑。接著，安東尼奧病倒了。他還臥病在床，紫斑緊接著找上了小愛伊達。

薇蕾塔和阿貝托照顧每個生病的孩子。在孩子哭鬧時親吻他們，在孩子嗚咽時抱緊他們，在孩子將離開的時候承諾：「會的，當然，我們一定會再見面。」

薇蕾塔遵守諾言，在兩天後和孩子團聚。那天晚上，負責處理疫病死者遺體的人前來，但是阿貝托不讓他們帶走妻兒。

「我辦不到。」他告訴等在前門的兩個男人。「我不能讓你們將我的家人丟掉，至少不能丟進殘酷無情的大海。」即使站在亞羅拉山丘上位置最高的房屋外面，也看得到海浪拍擊下方灰岩時高高噴濺起來的泡沫。他沒辦法眼睜睜看著家人被拋進海裡。

「你一定要想辦法處理。」男人說：「不能放她們在屋裡，疫病會散播得更快。」

「我會埋葬她們。」

「全鎮的棺材匠都死了。我們今天早上才接走最後一位。」

「那我就自己幫她們做棺材。」

阿貝托說到做到。他走進工作坊，第一次製作給死人而非活人的東西。他為妻子打造棺材，為大女兒打造棺材，為獨子打造棺材，為小愛伊達打造棺材。每副棺材都比前一副小一點，就像每個都可以放進另一個裡面的俄羅斯娃娃一樣。

做好所有棺材，埋葬家人之後，阿貝托回到工作坊，開始打造自己的棺材。但等到他完成的時候，疫病已經離開亞羅拉。鎮長度完假

回來，費娜絲特拉姊妹重新拉開百葉窗，亞羅拉街道上又出現來來往往的歡快人群。

但是阿貝托沒有加入他們的行列，他每天坐在自己的棺材旁，等待紫斑回來，將他也帶走。

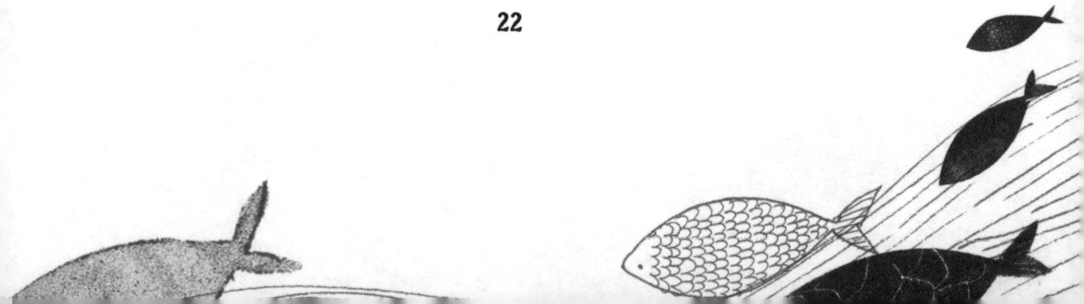

鎮長預訂棺材

三十年後

「我要一副黃金橡木做的。」鎮長的語氣充滿威嚴。「黃金橡木是最高級的，跟公牛一樣結實，跟羽毛一樣輕巧。聽說——」他試著靠向桌面，但是大肚腩擋在中間。「就算將整棵樹連根帶葉丟進海裡，它還是會浮在水上，一路漂到非洲的荒野。」

「您打算海葬嗎？」阿貝托問。他不習慣發問，通常他的客戶上

門時，都已經斷氣。

「當然不是，」鎮長劈頭回答：「我又不是水手。」

「亞羅拉沒有水手。」阿貝托附和。在亞羅拉鎮，就連神智不清的人，都不敢駕船橫越波濤洶湧的大海。

大海幾乎像是聽到這句話，就在這時送上一股巨浪，狠狠撲擊山丘下方的岩石，高高濺起的水花甚至撞在廚房的窗戶上。一秒鐘後，一隻巨大的海鱸也撞上窗戶，幸好沒有撞破玻璃。

「所以，」大魚在屋外的鋪石地上掙扎亂跳時，阿貝托開口：「您為什麼想要它浮在水上？」

「我不想。」鎮長啜了一口茶，一嘗味道就整口吐出來。他只喝最頂級茶葉泡的茶，而阿貝托家的茶葉明顯是最廉價的。

「但是您剛才說……」

「噢，我才不在乎什麼會浮在水上，都是胡說八道。」鎮長的手不停擺動，就像屋外走道上那條魚。「我只在乎……」他試著搜尋適合的字眼。「稀有！」

「還有昂貴。」阿貝托補充。沒有比黃金橡木更貴的木材了，除非自己從非洲直接運來。「您確定不要用其他木材，像是接骨木或楞木？」

鎮長狠狠瞪他一眼：「做棺材的，我可不缺錢。」

阿貝托打量鎮長身上的金色蕾絲和天鵝絨披風。「絕不會有人這樣認為。那就確定是黃金橡木吧。」他將筆在墨水瓶裡沾了沾，在鎮長的名字下方寫下黃金橡木。

「接下來，」他從筆記本裡抬起頭：「尺寸。」

「尺寸？」鎮長的神采黯淡了幾分。「什麼尺寸？」

「您的尺寸呀，鎮長先生。身高和腰圍就夠了，畢竟我不是要做鞋子。」

事實上，亞羅拉沒有製鞋匠。再也沒有了。最後一位製鞋匠兩週前過世了，阿貝托幫他打造了棺材：

路易吉．史卡帕師傅
接骨木
長七十五吋、寬二十三吋

「呃，對。好吧……」

「我有捲尺。」阿貝托提議：「您要的話，我可以幫您量。」

「不用，不用。真的沒關係。」鎮長揮手示意阿貝托坐下。「尺寸就先別管了。」

「沒有尺寸，恐怕我能做的不多。尺寸是棺材製作流程中很要緊的部分。正常情況下我會親自測量，不過大多數人都不會在活著的時候來找我。」

「唔，我和大多數人可不一樣，不是嗎？我是鎮長——管理全亞羅拉的鎮長。」他煞有其事挺起胸膛，肚子的脂肪包夾桌子邊緣。「身為鎮長，我有權利，不對，是有責任，訂做一副全鎮有史以來最大、最豪華的棺材。」

他的棺材毫無疑問會是史上最大，阿貝托心中暗自想著。不管是活人還是死人，阿貝托從沒見過任何人跟鎮長一樣胖。

「什麼聲音？」鎮長忽然問。

阿貝托瞪大眼睛。他將剛剛的念頭大聲說出口了嗎？

「其實，是我的肚子……」鎮長將大肚腩甩到桌下。「晚上老愛鬧脾氣，你家食物櫃該不會剛好有蛋糕或甜點吧？只是需要安撫一下這頭溫和的野獸。」他愛憐的揉了揉肚子，滿心期盼的掃視廚房。

「板凳上有一些麵包，已經放了一陣子。」阿貝托提議：「那邊的盤子上還有些乳酪，不過好像有點發綠，連我坐這裡都看得出來。」

「沒關係，不用在意。」鎮長說，雖然一臉很在意的樣子。

「所以？」阿貝托問。

「所以什麼？」

「您的尺寸是？只要一個大概的數字就行，我才能訂木材。如果您想要最豪華的棺材，我得盡快動工。」

「好吧。嗯，長七十吋、寬……呃……」鎮長肥胖的臉頰脹成某種深紅色。「七十吋，我想。」

「長七十吋、寬七十吋？」阿貝托說，語氣中難掩驚訝。

「有什麼問題嗎？」

「沒有問題，只是很奇怪。」

「有什麼好奇怪？」

「棺材通常是長方形的，我沒有做過正方形的棺材。」

「如果對你來說太困難，」鎮長說，他打算站起來卻沒能成功，「我一定可以找到其他師傅。」

「完全沒問題，鎮長先生。」阿貝托拿筆沾了沾墨水，將尺寸記下。「那麼……」他的語調有些遲疑。他有預感，鎮長可能不會喜歡下一個問題。「您希望什麼時候完成？」

鎮長的臉從紅色變成紫色。「我怎麼知道？」他大聲咆哮。「這種事情誰知道。死亡可能在意想不到的時候上門。」

「總是如此。」棺材匠附和。「這一刻你還在呼吸，下一刻你就斷了氣。」

「話是這麼講沒錯。」鎮長乾笑了一聲，「你不用趕工。我還不打算很快告別這個世界。」

戶外傳來鐘聲，矗立墓園的鐘塔敲了十二響。為了蓋過鐘聲，鎮長扯起喉嚨吆喝。

「體質優良，遺傳的。我老媽活到八十三歲，還是被狂奔的馬車撞到才走的。身體硬朗得很，只不過撞破了腦袋，刺穿了……」

前門傳來三下響亮的敲門聲，打斷了鎮長的話。他皺起眉頭，望向桌子另一側的阿貝托。

「這麼晚了，你還有訪客？」

「通常不是活人。」棺材匠說。他讓鎮長獨自待在廚房，自己走

出去應門。

「放在那裡。」阿貝托指著工作坊後側的一張桌子。他剛剛從廚房帶來一支蠟燭，現在用來點燃房間裡的五支蠟燭。燭油一小灘接一小灘像是恢復了生命，綻放黃灰色的光芒。等到燭火散發穩定的光輝，阿貝托走近將遺體搬進屋裡的兩個男人。

他認出了死者——是波尼朵小姐。她差不多一年前搬來，在她將亞羅拉鎮當成新家的四個季節中，阿貝托只和她講過一次話。他幫她看市集廣場上一張牌子上的字，上面寫著：梨子買一送一！

「發生什麼事？」阿貝托問。兩個男人他都認識，其中一個他特別熟悉。年紀大的是麵包師傅恩佐，年紀輕的是他的學徒桑多斯。

「她死了。」桑多斯說。

「看得出來。她是怎麼死的？」

「呃……」桑多斯望向師傅。

「是腫瘤，阿貝托。」恩佐咳嗽幾聲，清了清喉嚨。「在這裡，就在她的心臟上面。」他指向她的胸膛。在褪色連衣裙的領口上方，可以看到一顆約莫小蘋果大小的腫瘤。

「啊！」阿貝托難過的說：「這種東西我看過。坦白說，看過好幾次了。」原本彎腰檢查遺體的他站直身體，望向老朋友恩佐。「誰發現她的？」

「我太太。她平常會免費送波尼朵小姐一些放太久的麵包。可憐人，買不起新鮮的。兩週都沒看見她，就去她的小屋探望一下。發現的時候就這樣了，一個人躺在床上，被單還溫溫的。」

「溫溫的？」阿貝托皺眉。「你確定？」根據遺體的狀態和氣味，他確定波尼朵小姐至少是在一週前去世。如果現在正值酷暑，發現她的人可能根本認不出是誰。

「沒錯。沒錯，阿貝托。」恩佐沉重的點點頭，眼神更難受了。「這一點我太太非常確定。」

啊，阿貝托心想，那就說得通了。恩佐的太太說話特別誇大，與住在隔壁的費娜絲特拉姊妹不相上下。

「她連吃的都買不起，阿貝托，更別說棺材了。」恩佐的語氣變了，是自尊心強的人準備開口請人幫忙的語氣。「但是我記得——怎麼可能忘記呢？從前我父親去世的時候，你幫過我們……」

「當然，當然。」阿貝托說：「恩佐，其實你根本不用開口。別擔心，我會接手照顧她。」

「謝謝你，阿貝托。」恩佐和他握了握手。「我就知道你會將波尼

朵小姐當成朋友。」

*

「阿貝托今晚真是忙碌。」克萊拉．費娜絲特拉說。她伸回探出窗外的頭，轉向妹妹。

「真的？」羅莎問。她坐在扶手椅上，椅上的玫瑰花圖案和她名字的意思很相稱。

「千真萬確。鎮長和波尼朵小姐。」

「鎮長死了？」羅莎驚嚇得說不出話，但只有那麼一刻。「唔，我幾乎一點都不驚訝。一個人的身材圓到某個程度，確實有可能早死。」

「錯了。」克萊拉愉快得尖臉發亮。她愛極了比妹妹早一步知道任何事。「鎮長沒死。波尼朵小姐死了。恩佐和他的學徒剛剛把她抬

上來。」

「讓我看看。」羅莎張牙舞爪從椅子上爬起來，衝向窗邊。她擠開克萊拉，將頭伸向街道。但她動作太慢。阿貝托所有的活人訪客都離開了，家門前一片漆黑。

在工作坊裡，阿貝托將蠟燭一根接一根吹熄。

「放在妳這裡。」他將最後一根蠟燭放在波尼朵小姐旁邊。「這樣好多了。現在不用擔心，我會照顧妳的。我會幫妳辦一場體面的葬禮，每個人都應該享有的葬禮。妳可以用我的棺材。」即使她看不到，他還是指了指安放在角落的一個沾滿灰塵的短箱子。「我也會幫妳在墓園裡買一個位子。石碑那些，我都會幫妳準備。」

為了擋住飛魚，阿貝托將房屋後側的窗戶關起來。他轉身要離

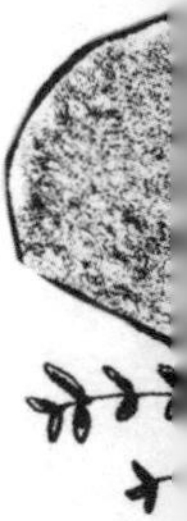

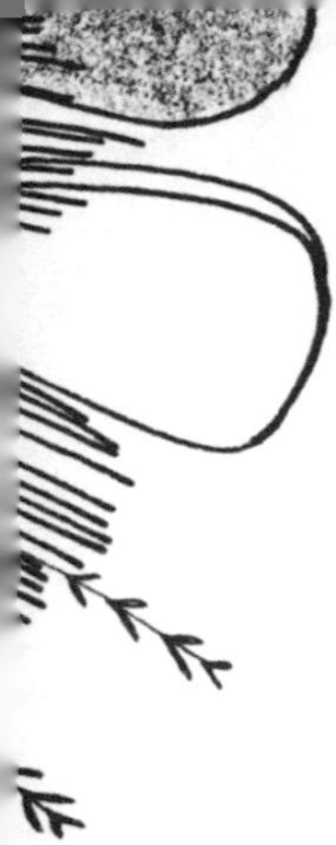

開，但想到了什麼，於是停下腳步。波尼朵小姐死的時候孤伶伶，死後又一個人躺了一整個禮拜，但是以後不會再無人聞問了。阿貝托沒有上樓，而是在她身旁坐下。

「波尼朵小姐，晚安。」他說。在最後一抹燭光中，他向後躺倒，閉上眼睛，不知不覺睡著了。

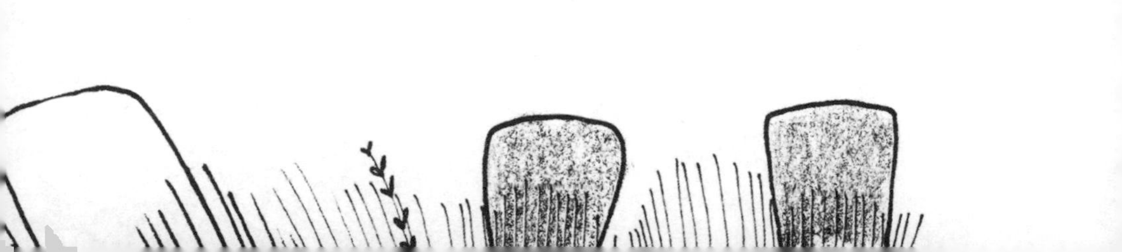

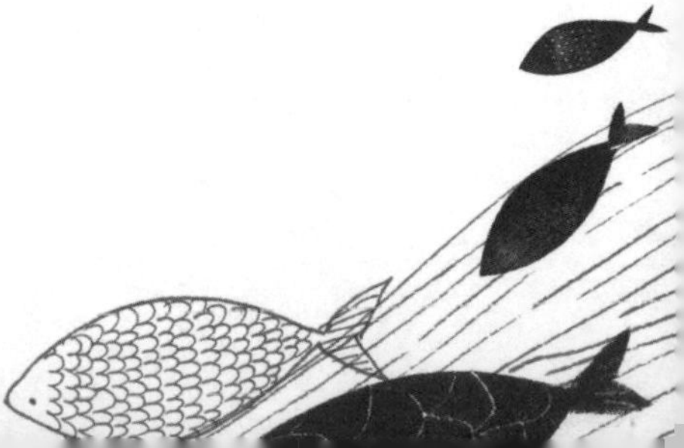
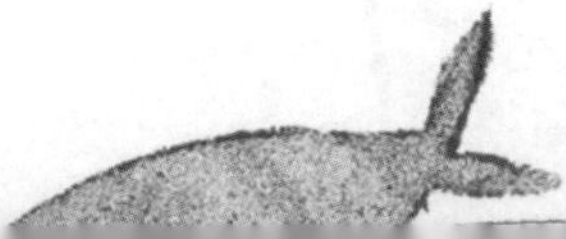

好奇的鳥兒

那天晚上，當阿貝托在波尼朵小姐遺體旁睡著，一隻羽色明亮的小鳥從屋子上高高飛過。牠拍一下翅膀，就有幾顆星星的光芒暗去，再拍一下翅膀，又有幾顆星星亮了起來。

這隻小鳥朝大海的方向飛去，但牠飛不遠。風很強勁，牠的翅膀力氣不夠，所以沒辦法往前飛，只在空中不停打轉。

「吱啾！」小鳥呼喊。「吱啾！」牠再次呼喊。鳥叫聲在海面上迴盪，但是沒有任何回音。

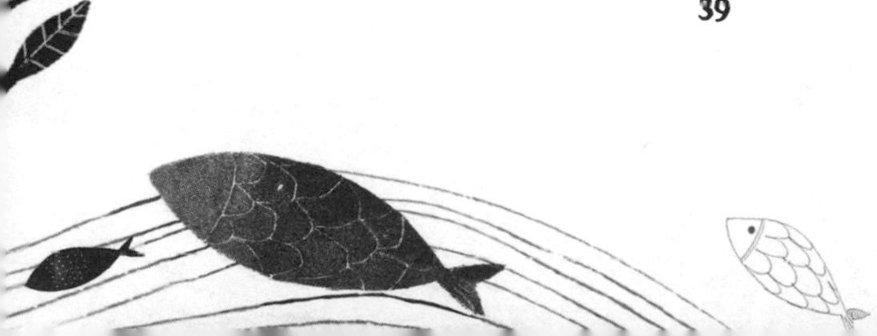

小鳥撲拍雙翅，哀鳴了將近一小時，目光忽然被一小點燈光吸引。牠調頭飛向陸地，直衝亞羅拉鎮，振翅盤旋而下，倏忽飛過和鳥羽一樣明亮的房屋。小鳥飛過鋪石街道、瓦片屋頂和夜色中閃現白光的玻璃窗。接著牠輕柔的呵口氣，降落在一道石頭窗台上。

小鳥朝蓋住窗戶的兩扇木造百葉窗挪動，從窗扇間的狹窄隙縫窺看室內。陰暗的房間裡，閃著金黃色的光芒。

一個女人的遺體平躺在冰冷的桌面，一名頭髮灰白的老人躺在一旁沉睡。小鳥看了看女人，輕輕歪頭，從牠的胸膛深處傳出哀傷的鳴聲，在房間中迴盪。小鳥再看看老人，墨黑眼珠審視他好幾分鐘。最後，似乎看到了什麼很令牠滿意，眼中閃現金光。

「吱啾！」小鳥鳴叫起來。「吱啾！」牠再次鳴叫。

牠鼓動明亮的雙翅飛回空中。這次不是朝南飛向大海，而是朝北飛行環繞亞羅拉鎮的山丘。

*

「你們看到了嗎？」在亞羅拉鎮的主廣場，一個牙齒全掉光的男人坐在水溝旁，對腳邊一桶躁動的魚說話。「那是我看過羽毛最明亮的鳥兒。」

男人仰頭看著色彩宛如彩虹的小鳥在空中盤旋。無論在南方或在北方的故鄉，他都不曾見過這樣的鳥兒。

男人叫做亞歷山德羅·狄波多，他小時候聽過亞羅拉的故事：魚群會從海中飛躍到亞羅拉鎮上空，像雨滴一樣落在下方的鋪石路上。長大以後，他想到一個絕妙的點子，像飛在空中的鳥兒一樣令人雙眼一亮、會讓他發大財的點子。

他離開北方的平靜江河，打算到南方賺大錢，成為亞羅拉鎮唯一一名漁夫。

但他的計畫有誤。一個非常大的錯誤，嚴重到讓整個計畫泡湯。在一個魚會自動送上門的城鎮，怎麼會需要漁夫呢？

所以亞歷山德羅．狄波多雖然抓了三千零八十九條魚，但一條也沒賣出去。亞羅拉鎮民因此幫他取了個外號，一傳十、十傳百，大家都忘了他原本的名字。

「就是他。」鎮民經過坐在路邊的男人前面時會說。他帶著整桶活蹦亂跳的鮮魚，旁邊擺放的褪色牌子寫著：十尾魚換一枚銅幣。

「離那個人遠一點。」母親會警告在亞羅拉狹窄街道奔上跑下的孩子。

「那是誰？」觀光客打探起水溝旁衣著破爛的男人。

「他啊，」鎮民會回答：「是傻子漁夫，全亞羅拉鎮再也找不到另一個。」

傻子漁夫嘆了口氣，仰望空中的鳥兒。是的，想到這座城鎮發大財實在太傻了，但是離開就更傻了，世界上還有什麼地方比亞羅拉鎮更神奇呢？還有什麼地方，到了夜晚會看到銀白魚群如雨點從空中灑落，或是人生中難得一見、羽毛明亮的珍稀鳥兒？

這就是為什麼即使所有人都喊他傻子，亞歷山德羅·狄波多還是決定留下。他決定留下，因為身在亞羅拉鎮，只要仰望天空，每天從清晨到深夜都可以見到神奇的魔力。

波尼朵小姐，妳究竟是什麼人？

阿貝托忽然驚醒。夜裡的冷空氣從百葉窗流入，現在整個工作坊寒意刺骨。阿貝托坐起身，搓了搓凍僵的雙手，兩手慢慢活絡恢復血色。他重新點燃身旁的蠟燭，一汪黃光為空氣帶來暖意。

「早安，波尼朵小姐。」他在遺體映入眼簾時說：「相信妳睡得很安穩。接下來一整天可有得忙了。」阿貝托活動了一下雙腿，打開百葉窗，帶鹹味的乾淨空氣溢入室內。時候還很早，天空中只剩幾顆星星在發亮。花園傳來鹹鹹的露水味，兩尾銀魚像睡著一般躺在他腳邊

的花盆裡。

「時間差不多。」阿貝托將魚帶到廚房，回到波尼朵小姐身邊，他身後的矮樹叢像是也醒來了一樣搖擺躍動。「該上工了。」

雖然棺材是阿貝托三十年前就為自己打造的，但要用來埋葬波尼朵小姐並不完備。還必須清理、用砂紙打磨、在兩側加上把手，並在棺蓋刻上她的名字。

「尺寸不算十分合適。」他開始擦去灰塵時向波尼朵小姐坦承。「會有點寬，而且也太長了。但至少能讓妳躺進去，我盡量改造得舒適些。」

阿貝托工作時，將波尼朵小姐當成仍在人世一般對她說話。上午，他向她解說起製作棺材的工作。

「訣竅在尺寸。」他說，窗外響起鳥叫聲。「不能太大，也絕不能太小。我這輩子從來沒做過尺寸太小的棺材。」

到了下午，他聊起天氣。

「今天的大海很凶惡。風也凶猛得很。」外頭的矮樹叢就像要提供佐證一樣窸窣作響，一尾巨大的鯖魚從窗口飛了進來，啪答一聲落在空棺材裡。

「我可不打算埋了你。」阿貝托說。他將掙扎扭動的大魚拉出棺材，趕忙搬進廚房。「但或許會把你做成晚餐。」

到了晚上，他聊起女士本人。

「波尼朵小姐，妳究竟是什麼人？」他問：「又為什麼來到這裡？」

他猜得出她的家鄉，波尼朵小姐生前講話帶著北方口音。但是他想不透她為什麼來到亞羅拉，這裡不是世界的中心。其實，亞羅拉剛好位在邊緣：天涯海角的最後落腳地，火車路線上的最後一站，再往前就是難以橫越的無垠大海。她來到亞羅拉，是因為想要展開新的人生，還是因為知道人生很快就要結束？

阿貝托準備將波尼朵小姐放入棺材時，太陽正緩緩西沉。

「幫妳墊著，波尼朵小姐。」他為她墊了枕頭。「妳看，很舒服吧？」夕陽照亮波尼朵小姐的側臉，在曾吸引無數畫家前來亞羅拉的金黃餘暉照耀下，她的深色頭髮閃現如桃花心木的深褐，蒼白皮膚泛起蜂蜜牛奶般的乳白光澤。要不是阿貝托一整天都忙著幫她準備棺材，他可能會誤以為她還活得好好的。

「唉，波尼朵小姐。」他說，同時伸手整理她披散在軟墊上的頭髮。「妳年紀輕輕，不該就這麼走了，該進棺材的是我才對。」

一場葬禮，一個小偷

波尼朵小姐的葬禮是阿貝托參加過數一數二冷清的。曾有一場更冷清的，是阿貝托為自己家人舉行的葬禮，連神父都沒有出席，因為神父三週前染病過世了。

在亞羅拉山丘頂的墓園，總共有五個人冒著強風出席葬禮——麵包師傅恩佐、費娜絲特拉姊妹、城鎮現任的神父和阿貝托。鐘塔在他們抵達時響了十一下，但在葬禮開始後就靜默無聲。不幸的是，站在後排的兩個人並未懷抱同樣敬意。

費娜絲特拉姊妹的一身打扮儼然把葬禮當成婚禮。她們頭戴寬大草帽，身穿誇張的大花洋裝，裙襬在鹹鹹的海風中鼓起來，無意但很不幸的讓人誤以為她們和鎮長一樣胖。

阿貝托一開始以為兩姊妹在捏造關於波尼朵小姐的惡劣謠言，但是當風將她們的話聲朝他吹送過來，他聽到她們提起鎮長。很明顯的，鎮長兩天前深夜造訪的消息還是不脛而走。

「妳覺得是為了什麼？」羅莎悄聲問。

「拜訪棺材匠只可能是為了一件事。」克萊拉睿智的說。

羅莎先是同樣睿智的點點頭，才開口問：「什麼事？」

「棺材，羅莎。」

克萊拉講得好大聲，連原本在祈禱的神父都停下來，看看發生什麼事。一看到費娜絲特拉姊妹，他輕輕嘆了口氣，心中默念——主啊，求祢庇護我免受她們邪惡口舌的侵擾——接著繼續祈禱。

「鎮長一定快死了，」羅莎說：「剩下的日子不多。那天晚上他看起來很匆忙。」

「但是怎麼會？」

「肺結核？我們有個表親就得了這病。」

「或是腎臟炎。」克萊拉揣想。「另一個表親生了這種病。很可怕，對不對？她渾身腫脹——」

「——很符合鎮長。」羅莎觀察力敏銳。「他已經腫四十年了。」

「她還流了好多血。」克萊拉繼續說：「記不記得那面地毯的慘狀？」

「記不記得？」羅莎大喊。「是我負責清理的！何止流血……」

謝天謝地，阿貝托沒聽到接下來的內容。風向改變，將她們的聲音吹過海面。阿貝托最恨人家說長道短，但至少她們不是在講波尼朵小姐的閒話。這兩姊妹講起男人十分惡毒，一講起女人，尤其是年輕女子，她們的舌頭簡直就是強酸。

葬禮結束，波尼朵小姐入土，阿貝托準備回家。他要回去工作。三十年來頭一次，家裡不再擺著一副自己的棺材，他覺得自己幾乎赤身露體。

波尼朵小姐的人生結束了，亞羅拉鎮的人們仍然繼續生活。恩佐每天早上繼續烤麵包，鎮長每天繼續制定法規，費娜絲特拉姊妹每晚繼續嚼舌根。

生活持續，死亡也未曾停息。阿貝托天亮之後為剛過世的鎮民製作棺材，天黑之後打造自己的棺材。雖然製作過無數棺材，阿貝托記得所有由他放入棺材的死者姓名，其中也包括波尼朵小姐。她很特別，因為他只知道她的姓氏。阿貝托盡量常常想起波尼朵小姐，因為他擔心再也沒有人會記得她，但是一週又一週過去，阿貝托的心思慢慢被其他事占據。

阿貝托每製作好一副棺材，都會參加一場葬禮，三十年來不曾錯過任何一場。有一天他出席一場葬禮——艾達莫・托堤，楓木，長八十五吋、寬二十五吋——回家後，他第一次注意到有東西不見了。

最先不見的是他的午餐——醃火腿乳酪三明治。幾天之後接著不見的是他的晚餐——一碗燉肉和兩片抹了奶油的麵包。再過沒多久，每次阿貝托離開家門，回來時都會發現又有東西消失無蹤。

一開始，小偷只拿走阿貝托留在廚房桌上的食物，但很快就開始向食物櫃下手——整罐酸甜醬、醋醃水煮蛋，以及兩條原本在前門台階上扭頭擺尾的白鮭，全都不翼而飛。

屋裡除了食物不斷消失，還有一點和以前不同。阿貝托覺得屋子裡有些變化——似乎多了什麼。他從來不是迷信的人（當棺材匠怎能迷信），但是現在工作的時候，總是覺得有眼睛在看他。不是死者直瞪向上、再也看不見的雙眼，而是活人四處張望、看得見一切的眼眸。

食物持續失蹤，不時有人窺看，阿貝托忍了三週。直到整條新鮮麵包和半輪最愛的乳酪失竊，阿貝托終於忍無可忍，想出一個抓小偷的計畫。

阿貝托這天一大早就出門，去參加一場其實不存在的葬禮。他的

計畫很簡單。他打算走到上坡的墓園，然後直接調頭回家。總共只會離開十分鐘——時間長到足以引誘躲起來的小偷露面，短得讓小偷來不及喝完廚房裡那碗熱騰騰的粥。

可是阿貝托才關上前門，計畫就亂了套。

「棺材匠、棺材匠！」鋪石街道下坡傳來上氣不接下氣的呼喊。

阿貝托回頭，看見鎮長滿臉是汗，正氣喘吁吁走上山丘。

「真……高興……在你……出門前……趕到。」他在阿貝托家門口停下腳步。

「鎮長先生，有什麼我幫得上忙的？」阿貝托說，努力按捺心中的不耐。

「我們可以，呃，進屋裡嗎？」鎮長問，仍舊喘不過氣來。

「其實我正要出門。」

「噢。」鎮長的臉垮了下來。「我正好帶來你要的尺寸。」他一邊分神留意費娜絲特拉姊妹家的動靜，一邊從口袋抽出一張摺起來的紙條遞給棺材匠。

「太好了。」阿貝托說：「那我就可以訂木材了，可能需要等一陣子，黃金橡木很……」

「噓！」鎮長出聲提醒。「我可不想讓全鎮都聽見。」他又朝兩姊妹的屋子瞄了一眼。

「那是當然。容我先走一步。」阿貝托不再多說，將紙條塞入口袋。他向鎮長道聲再見，繼續向上坡走了一小段路，接著轉身匆匆走下山丘。回到自家前門後，他悄無聲息的將鑰匙插入門鎖，推開門。

阿貝托踏入走廊，側耳細聽。廚房裡有些動靜——餐具鏗鏘作響，還有打開瓶蓋將液體注入杯子裡的聲音。阿貝托雙眼散發勝利的

光芒，一步步走進屋裡。在他準備打開門時，門的另一側忽然傳來有人開口說話的聲音。

「牛奶好好喝，菲亞。真的很好喝。」

阿貝托楞住，一手放在門把上。他認不出是誰在說話，但從聲音聽得出來是個孩子。

「還有這碗粥。」廚房裡的男孩繼續說，聽起來雀躍不已。「溫溫熱熱的，還在冒熱氣呢，妳看到了嗎？」

阿貝托思索該怎麼辦。他原本以為小偷是大人，從沒想過會是個小孩。他應該現身和男孩面對面，還是悄悄溜出去呢？

在他下定決心之前，一隻小鳥幫他做了決定。

「吱啾！」廚房裡傳來一聲鳥叫。

呼嚕喝粥、嘎吱咬嚼和叉匙鏗鏘的聲音全都靜默下來。

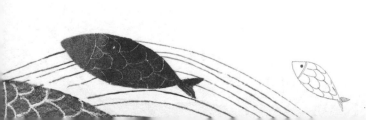

「怎麼了，菲亞？」男孩悄聲問。他說話帶著些微北方口音。「有人在外面嗎？」

阿貝托忽然從門邊抽身向後退，壓得腳下地板吱嘎作響。他不想嚇壞年幼的小偷，一步步朝走廊挪動。但是太遲了。廚房的門猛然打開，男孩從他面前一溜煙跑過。還有一隻鳥驚慌的在他頭頂上方盤旋繞圈——是他這輩子看過羽毛顏色最明亮的鳥兒，振翅飛翔時閃現黃金、綠松石和天青石的色澤。

「等等！」阿貝托大喊：「回來！我不會傷害你們。」還來不及攔住男孩和鳥兒，他們已經從後門逃逸無蹤。

阿貝托走進花園，從圍籬向外窺看。山丘很陡，他只看得到海面湧起的白色泡沫沖襲山腳，不禁擔心男孩會失足跌入波濤洶湧的大海。所幸男孩的腳步穩健，他連跑帶跳穿過灌木叢，小鳥在他頭上撲翅盤旋。阿貝托正想開口再次呼喚，耳中卻傳來另一個人的聲音。

「阿貝托，是你嗎？」隔壁花園傳來一個女人的喊聲。

「是我，克萊拉。」阿貝托嘆口氣回答。在山丘更上坡的地方，男孩翻過墓園柵門，在柵門另一側平安落地。

「不是克萊拉。」同樣的聲音回答：「我是羅莎。為什麼你老把我當成克萊拉？」

阿貝托並未多費唇舌回答，他在專心思考小偷的事。雖然只瞥了一眼男孩的臉，但他看起來很眼熟。他的頭髮，鼻子，還有那雙眼睛，很像之前看過的一張臉。不會認錯的——男孩長得很像五週前埋葬的那位小姐。

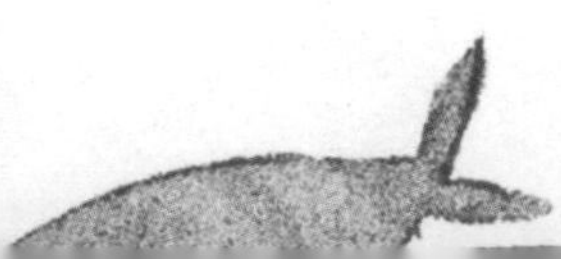

母親沒能實現的承諾

男孩並未在墓園逗留很久。他一逃出亞羅拉山丘頂的屋子，緊接著又逃離亞羅拉鎮。他在陰影下躲躲藏藏，溜過城門，奔往北方的維塔山谷。他拚命跑，一直跑到山谷中央的小屋前才停下。

男孩衝進屋裡，關上門。小鳥菲亞（他唯一的朋友）從煙囪飛竄進屋裡找他。

「好險哪，菲亞！」男孩大口喘著氣說：「差一點就被抓到了。」

「吱啾！」鳥兒在他身邊撲拍雙翅。牠的翅膀在黑暗中先是閃爍綠光，接著亮起藍光和金光。

「至少我們喝到粥了，是熱呼呼的粥！」

菲亞站在男孩的肩頭，跟他一起走進隔壁房間。在一片冰冷黑暗中，男孩從地板上拉起一張褪色的毛毯，坐到已經熄滅的火堆旁。他用毛毯裹住自己和菲亞，盯著橫在壁爐裡的三根灰黑木柴。他沒有火柴可以點火，但如果將眼睛閉得特別緊，有時候可以感覺到想像中的火焰劈啪作響，發散出熱氣。

等到呼吸和心跳恢復正常，又有不一樣的感覺油然而生，他嘆了一口氣。

「我還是好餓，菲亞。」他說：「幾乎跟什麼都沒吃一樣。」

彩虹鳥從灰毛毯下方探出頭，望著他的臉。

「吱啾！」牠說，嘴喙朝門點了點。

「可是不行啊！」男孩回答：「我們不能去亞羅拉。要是被抓到怎麼辦？要是他們發現怎麼辦？要是他們強迫我回去怎麼辦？」

菲亞嚴肅的「吱啾」一聲，輕柔的啄了啄他的臉頰。**唔，你總得想辦法找點東西吃**，牠似乎這麼說。

男孩環顧小房間，眼光落在一只老舊行李箱，以及一個裝過草莓果醬的空罐子。他餓得肚子咕嚕作響。但是整個房間沒有食物，地板上連一塊麵包屑都找不到。就算有一尾魚不知怎麼的大老遠飛到內陸，他也沒辦法生火烹煮。只有亞羅拉鎮可以找到食物。

「不該是這樣的。」男孩低聲對身旁的鳥兒說：「她說我們會很安全，她說我們會沒事。她向我保證過，只要到了亞羅拉，我們就再也不會餓肚子了。」

小小偷有名字

「波尼朵小姐有個孩子。」阿貝托告訴躺在面前的男人。那個男人是艾德西先生，即使過世了還是滿身菸草味。「可是怎麼會呢？」

自從看到男孩和小鳥在廚房裡偷喝粥之後，一天過去了，他還是想不通來龍去脈。他從沒看過波尼朵小姐帶著孩子，也沒聽別人提過她有孩子，就連該說的說、不該說也說的費娜絲特拉姊妹都不曾提起。波尼朵小姐確實很少進城，但一整年過去，總會有人看到些什麼吧。除非……

「她故意不讓孩子露面……但是為什麼？」這句話以肯定語氣開場，以疑問語氣作結。

阿貝托低頭看向艾德西先生曾經生龍活虎、如今靜默不動的身軀。

「你一直都不是多話的人，對吧，卡羅？沒關係。就算你我湊在一起也解不開這個謎團。但還有一個更重要的謎團需要解開，那就是──現在是誰在照顧那孩子？」

看男孩的模樣，阿貝托不覺得有人在照顧他。骨瘦如柴，皮膚凹陷，絕不會錯的──只有天天餓肚子的人才會那樣面黃肌瘦。阿貝托親眼見過兩次因飢餓而死去的人，這個男孩如果沒辦法多找點東西吃，就會是第三個了。

阿貝托腦中滿滿的全是疑問，但其中有一件事千真萬確──確實有個男孩，他在附近，而且需要幫助。

「好！」阿貝托對靜止如石雕的艾德西先生說：「就這麼辦，我會盡力幫助波尼朵小姐的兒子。」

隔天，阿貝托比平常多做了一份早餐。他自己喝完一碗粥，然後將另一碗放在花園裡。製作艾德西先生的棺材時，他三不五時瞥向屋外。男孩和小鳥沒有來。

阿貝托將多出的那碗粥喝了當晚餐，隔天，又多留一碗剛煮好的粥。還是沒人來。

連續四天準備的食物都原封不動，阿貝托很擔心男孩被自己嚇跑，再也不會出現了。到了第五天，食物的誘惑力實在太強，男孩和小鳥回來了。阿貝托沒有看到他們，到了晚上才發現盛粥的碗空了。

他想和男孩說幾句話，確定他沒事，又不想嚇跑他。第一次打照面之後，男孩過了五天才敢回來，要是下次他再也不來了怎麼辦？所以阿貝托決定維持現狀，早上先將食物留在屋外，晚上再去收回空碗，中間這段時間就避免走進花園。

有一天早上，阿貝托正準備帶一盤食物到屋外時，聽到前門響起敲門聲。他思索著會是誰需要下葬的棺材：杜娜堤小姐的氣色最近看起來很差、吉馬帝先生的咳嗽聲愈來愈令人憂心。當他打開門，卻發現都不是。

「阿貝托師傅呀！」鎮長開心得口齒含糊不清，天氣很冷，他裹著灰狼皮做的厚大衣。「真高興你在家，現在不會很忙吧？」

「不，不會。只是在準備早餐。」

「早餐？」鎮長聽了更是容光煥發。「唉呀，我陪你一起用餐

吧。」他將龐大身軀擠進屋內。「今天早餐吃什麼啊？」

「酸奶和發黴麵包，」阿貝托撒謊。其實他正要在恩佐店裡買的新鮮麵包上放燻鱈魚，這些好料他可不想跟鎮長分享。

「呃，嗯，好吧。我今天跟平常一樣，吃過早餐才來的。或許我們可以直接去你的工作坊？」

「當然可以。」

等兩人都進了工作坊，門也關上，鎮長確定不會被人偷窺之後，從口袋裡抽出一個厚厚的信封遞給阿貝托。

「這是什麼？」阿貝托問。他接過信封打開來。

「錢。製作棺材的費用。」

「但是太多了。就算用黃金橡木，還是太多了。」

「我多放了一些，需要增加一些配件。」

「配件？」阿貝托問。

「對，只有幾樣而已。」鎮長從口袋裡掏出一份紙卷。紙卷很長，展開後可以一直滾落到地板上。「珠寶啊，小天使雕像啊，你知道的，就是那些東西。」

「小天使雕像？」阿貝托重複，想確認自己沒聽錯。

「對，就是那些長翅膀的小傢伙呀。我媽以前都叫我親親小天使，我的棺材會放在她的墓地旁邊，位置都安排好了。神父給了我兩個位置，是真的。我說『不用不用，一個位置就夠。』，但是他很堅持，說得符合像我這樣的大人物。」

鎮長清了清喉嚨，看向手上的清單。「咳咳，」就像在宣讀新法規一樣鄭重其事：「配件一……」

鎮長談話耗去的時間比阿貝托預期長了許多——整整超過三小時。配件加起來總共是一百一十件。棺材還是用黃金橡木打造，形狀仍然維持正方形，但是長和寬各增加了三吋，裡外都會照鎮長的訂單加上新配件。

等到終於送走鎮長，阿貝托已經累壞了。聽鎮長講話比製作棺材還累人。阿貝托想起留在廚房的食物，匆匆走進走廊。等他抵達廚房，才發現裡頭有人。

兩週以來從阿貝托家取用食物的小小偷，正在自行取用蜂蜜三明治。他餓壞了，乾脆自己進屋找東西吃。

「菲亞，妳吃得比我還快。」男孩在食物塞了滿嘴的空檔說。他咕嘟喝下一大口牛奶，再撕下一塊麵包脆皮。「吃吧。」他將麵包遞給停在下方板凳上的小鳥。「不要一次全吃完，會噎在喉嚨裡。會看起來像吞了一顆蛋的蛇。」

鳥兒啄取麵包的動作很輕柔，但囫圇大口吞下，吱啾吱啾想要更多。男孩才掰開另一塊麵包，就發現有人進了廚房。他的眼神飛快巡視，想找出路逃跑。門口被棺材匠擋住，但是水槽附近有一扇窗戶。

「別怕！」阿貝托說。男孩衝向窗戶，努力想拉開沾滿汙垢的玻璃窗。小鳥在他身後，驚惶失措的在廚房裡繞圈。

「請別害怕！」阿貝托再次懇求。「我不會傷害你。請你留下來吃完，然後可以從原路出去，不會被別人看到。」

男孩用力拉扯窗戶最後一下，終於放棄。他目不轉睛盯著阿貝托，慢慢朝三明治挪動。他忘了自己警告鳥兒的話，用比小鳥更快的速度將食物塞進嘴裡，噎得不停乾咳。

「小心！」阿貝托趕上前幫忙。「來。」他提起裝牛奶的玻璃瓶。

「喝點東西比較好吞。」

男孩拿起杯子開始喝牛奶。喝完之後，他將杯子還給阿貝托。吞下噎在喉嚨裡的食物，再次拿起三明治，這次咬了一口，小心的咀嚼。

「好美麗的鳥兒！」阿貝托看向披著一身彩羽在流理台上蹦跳、猛啄麵包屑的小動物。「我從來沒看過和牠一樣的鳥。」

鳥兒的羽毛顏色和孔雀一樣亮麗，只有孔雀的五分之一大。牠的右邊翅膀歪曲變形，但是雙眼明亮，嘴喙銳利。

「那是因為菲亞很特別。」男孩說。

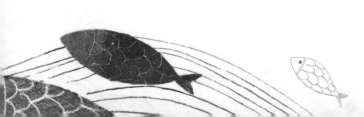

「我完全同意。」阿貝托露出溫和微笑表示贊同。「菲亞？是牠的名字嗎？」

男孩點頭，吞下一口三明治，然後說：「牠還是小小鳥的時候從天空掉下來，摔斷了翅膀，所以飛的時候會打轉。牠的兄弟姊妹都飛走了，連媽媽都離開了，但是牠留下來陪我。不是我逼牠的，是牠自己想這麼做。我猜，」男孩露出害羞的笑容：「牠很愛我。」為了不要吐露太多心聲，他趕快咬了一大口三明治。

「嗯，很美的名字，適合很美的鳥兒。那你……」阿貝托沉默了一會兒，不確定該不該接下去。「你也有名字嗎？」

男孩不回答，阿貝托又說：「真是個蠢問題。你當然有名字。你要告訴我，還是我用猜的呢？」

男孩還是保持沉默，於是阿貝托猜了第一次。

「你看起來像個雅各。沒錯。」他點點頭。「很可能是雅各。」

男孩再咬了一口三明治做為回答。

「帕布羅呢？」

再次靜默。

「布魯諾？」阿貝托問。他開始緊張，恐怕男孩一吃完三明治就會離開。「還是叫安東尼奧？」

聽到阿貝托的語氣忽然振奮起來，男孩抬起頭。

「安東尼奧？」他問。

「是的。」阿貝托滿懷希望的屏住呼吸。是和寶貝兒子一樣的另一個安東尼奧回來找他了嗎？

但是男孩一臉困惑。那不是他的名字。

「不是。」阿貝托哀傷的說：「不可能，只是老頭子的愚蠢幻想。你是獨一無二的孩子，你就是你自己。」

廚房裡一片安靜，阿貝托在心中反駁自己猜的下一個答案。他決定換個方法。「我知道！我猜到了，非常確定，絕不會錯。」

男孩滿腹疑惑，停住不再吃東西。

「艾蜜莉亞。」阿貝托說：「你叫做艾蜜莉亞。」

男孩臉上露出一絲笑意。

「啊，有笑容了。」阿貝托說：「不過，很遺憾，還是沒猜中名字。」他皺起眉頭想了老半天，男孩望著他的臉。「我知道了。是不是泰瑞莎？」

男孩的笑意更濃了。

「一定是了。」阿貝托得意洋洋。「你叫泰瑞莎，我早該猜到了。泰瑞莎，你要再喝一點牛奶嗎？」他伸手去拿板凳上的牛奶瓶。

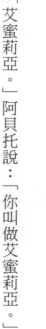

男孩咧開嘴角，大笑起來。停在他肩頭上的菲亞嚇了一跳，沒想到會聽見男孩發出這樣的聲音，牠飛到半空，撲騰著翅膀在廚房裡繞了兩圈。

「我才不叫泰瑞莎，」男孩說，菲亞回到他的肩頭停住，開始梳

理羽毛。「那是女生的名字。」

「那又怎麼樣？有些女生也叫佩塔，有些男孩也叫傑絲。」

「但是叫泰瑞莎的都是女生。」

「那麼我該叫你什麼呢？」

阿貝托擔心又會迎來一陣沉默。但是男孩開口回答：「迪多。我叫迪多．波尼朵。」

「迪多？」阿貝托重複。「啊，真美妙的名字。」他非常喜歡，開心得胸口滿脹，彷彿那是他自己的名字。

「你真的這麼覺得？」迪多害羞的問。

「千真萬確。這是我聽過最美妙的名字。迪多．波尼朵。迪多．波尼朵。」阿貝托反覆念著。「舌尖一滾就念出來了，連我這衰老無力的舌頭都很容易發音。」

迪多聽到稱讚，將頭抬高了一些，眼中閃爍一絲自豪的光芒。

「嗯，很高興認識你，迪多‧波尼朵。你只要肚子餓，隨時可以過來。」

棺材匠的學徒

迪多．波尼朵每天都會來。起初他把食物帶到花園裡和菲亞一起吃，後來天氣慢慢變冷，他們開始待在屋裡和阿貝托一起吃。他們總是一吃完就離開，好像害怕在一個地方待太久，就會有什麼不幸發生。直到有一天，他們要離開時剛好下起雨，決定留在屋內。

阿貝托有工作，讓迪多和菲亞在廚房裡就著爐火烤麵包屑。過了幾分鐘，阿貝托從工作坊聽到有腳步聲接近。他抬起頭，看到站在門口的迪多望著他，菲亞在走廊半空中繞圈。

「不用害怕。」阿貝托說：「死人不會傷害我們，只有活人會。」

迪多覺得阿貝托的話再真切不過，他踏進工作坊。

「那是誰？」迪多問，朝躺在阿貝托身旁桌上的遺體點了點頭。

「是亞雷托麗小姐，她是個可愛的女士，花很多心思打扮。她穿最美的衣裳，養最醜的狗，她的狗全是長著大扁臉的醜八怪。」

迪多低頭看向亞雷托麗小姐。看到她腳上的褐色皮鞋，身上的輕盈棉布洋裝，以及脖子上細細的項鍊。然後抬頭看著棺材匠：「我……我媽媽也進來過這裡嗎？」

阿貝托想撒謊。他不希望迪多想像自己的母親躺在這裡的景象，但從迪多臉上的表情，他確信男孩已經知道真相。

「是的。」他說。

好幾週以來，迪多都因為心中的恐懼而渾身緊繃。這一刻恐懼的心情忽然消失無蹤，他的肩頭垮下來，雙眼充滿深沉的悲傷。菲亞拍著翅膀飛到他的肩頭，偏頭磨蹭迪多的臉頰。但是迪多太過傷心，完全沒注意到菲亞。

「我知道失去親愛的人有多麼難過。」阿貝托說：「但盡量不要去想像她在這裡，多想想她到這裡之前的樣子。回想她露出笑容、開懷大笑，以及夜裡哄你睡覺的樣子。雖然沒辦法讓你不再傷心，但可以幫你想起比較開心的時刻。」

迪多緩緩點了點頭，眼神還是十分悲傷。阿貝托很想讓他快樂起來，但想不出該說什麼話才有效。就像從前的自己，現在的男孩需要時間才能平復心情。

為了讓男孩分神不再想悲傷的事，阿貝托拿起一塊木板說：「迪多，你看。到這裡來看看。這叫蜘蛛木，猜猜為什麼？」

迪多仔細看了看阿貝托手中的木頭。一開始看不出什麼來，但專心觀察之後就發現奇特的地方。「看起來像是布滿了蜘蛛網。」

「沒錯！」阿貝托說。「那麼……」他放下蜘蛛木，再拿起另一塊。「要猜猜看這塊嗎？」

*

在工作坊的第一天，迪多學會了五種木材的名字。接著他坐在窗邊，看阿貝托製作棺材。阿貝托量了亞雷托麗小姐的尺寸，找齊木材，切割成需要的大小，然後開始組裝。棺材匠幾次開口對死去的亞雷托麗小姐說話，但迪多會提出問題，於是阿貝托改為和活人一問一答。

一天又一天過去，迪多的椅子不斷挪近，從工作坊遠遠那頭一直

挪到阿貝托的工作台旁邊。不知不覺間，棺材匠和男孩的對話主題從死者是怎樣的人，變成要怎麼埋葬他們。

「大多數的棺材都是白楊木做的。」阿貝托解釋：「不是很名貴的木材，但是很容易處理，而且不會腐朽。」

「就是這種木頭嗎？」迪多拿起腳下一塊剩餘的木料。

「沒錯。」阿貝托說：「人去世時都是說走就走，所以我的速度要很快。如果從天亮工作到天黑，我一天可以做好兩副棺材。棺木本身是最簡單的，量好六塊木板的尺寸，切割然後釘在一起，就完成了。但是接下來還有很多事要做——木板表面要打磨平滑，然後雕刻，再加上木頭把手。」

「這個棺材是給誰的？」迪多朝前面的棺材點了點頭。亞雷托麗小姐一週前已經下葬，這天工作坊裡沒有別人。

「我的。」阿貝托說。

「你？」迪多滿臉擔憂。「你也快死了嗎？」

「我想還沒有。」

「那你為什麼做棺材？」

「我……不知道該怎麼說。我就是這麼做的。」

「我能幫忙嗎？」

從那天開始，迪多每天都到阿貝托的工作坊幫忙。有時候，他急到一進阿貝托家就直接衝進工作坊，甚至忘了廚房裡還有食物等著他吃。

在阿貝托的耐心指導下，迪多學會很多事：怎麼將木板打磨平滑、怎麼切割、怎麼將木頭接在一起，還有怎麼雕刻木頭。迪多沒有

實際操作真的棺材，而是在阿貝托為他準備的專用工作台，用剩餘的木料練習。他們工作時會聊天，工作坊裡三十年來頭一次迴盪著兩個人的聲音，不再只有一個人自言自語。

「你知道嗎，迪多？」阿貝托在又一天快結束時說：「我從沒想過自己會找到一個學徒。」

「學徒？」迪多問：「那是什麼？」

「噢，就是接受訓練，學做和我同樣工作的人。」

「你的意思是，我也可以當棺材匠嗎？」

「你的未來有很多可能，迪多，你想當什麼都可以。」

迪多聽到這句話，雙眼像他身邊的燭火一樣閃閃發亮。阿貝托心想，他的夢想會是成為醫生、水手或是偉大的探險家。迪多開口時卻說：「我想當棺材匠，跟你一樣。」

黃金橡木車隊

鎮長的棺材所需的木材在某個週一清晨抵達。載運木材的火車從北方出發，穿越將全國一分為二的原始山林，轟隆轟隆行駛五天四夜，才抵達亞羅拉鎮。運來的黃金橡木數量驚人，甚至得多掛兩節車廂才載得下。火車進站時，阿貝托已經在車站裡等著，還雇了十頭平時用來拖拉水果到市集的驢車。

載滿木材的驢車爬上亞羅拉山丘。驢蹄踏在鋪石街道上叩叩作響，加上車夫「穩住！穩住！」的吆喝聲，叫醒了幾百個鎮民來看車

隊行進。就算有人睡得太沉，醒來以後也很快就能聽到費娜絲特拉姊妹的轉述。

兩姊妹一聽到驢蹄聲響起，就大力推開家裡的百葉窗，將上半身整個探出窗外。這麼多年來，她們雖然老是在阿貝托家後院的圍籬探頭張望，倒是從沒將脖子伸這麼長。兩姊妹看起來就像書本裡記載的一種渾身斑點的高大動物——住在遠方大海對岸的長頸鹿。

木材一車接著一車。除了森林以外，從來沒有人可以在任何地方一次看到這麼多木頭，就連每天工作都要用到木頭的阿貝托也沒看過。

「直接送進工作坊裡。」他說了至少四十遍。

等所有木材都送到，火車也駛離車站，阿貝托幾乎擠不進自己的工作坊。整間都被木材塞得滿滿，阿貝托不得不派迪多幫忙，只有迪多能在木材堆的隙縫間靈活的鑽進鑽出拿工具。

雖然車隊吸引了大批人群，但有一個人沒出現。訂購的木材運進城時，鎮長躲得遠遠的。儘管如此，費娜絲特拉姊妹還是拼湊出真相。畢竟只有特定的身材，才需要這麼多的木材。所以到了中午，全亞羅拉鎮的人都在談論鎮長和他祕密訂製的棺材。

下午稍晚，鎮長來檢查木材。他輕輕敲了敲前門，等阿貝托來應門。

「呃，在哪裡？」鎮長在阿貝托領他進入工作坊時發問。

「您說什麼？」阿貝托努力想關上門，但是木材多到滿出來，門根本關不起來。

「我說，在哪裡？」

「什麼東西在哪裡？」阿貝托很確定自己沒聽錯。鎮長肯定不是在問木材。

「我的木材在哪裡？」

「就在這裡。」阿貝托指了指滿地板的木材。「和這裡。」他指向快要把工作台壓垮的五堆木材。「還有那裡。」他又指向堆在走廊裡的木材。

「可是……」鎮長的臉垮得和他下垂的大肚腩一樣低。「那不是黃金。」

「嗯，當然不是。怎麼可能有黃金做的樹。」

「但是它叫黃金橡木呀。」

「只是樹種名稱而已。沒有什麼意思，總之不是指真的黃金。」

「可是……」鎮長看起來好像快哭出來了。「如果不是黃金做的，為什麼這麼貴？」

「因為這種木材跟公牛一樣結實，跟羽毛一樣輕巧，可以一路漂到非洲荒野。」

「可是……可是……不是黃金。」鎮長有氣無力的說。

「您想要改訂其他木材嗎？」阿貝托問：「可能要到春天才會送來，而且您還是要支付這些木材的全部費用，不過……」

「不了，不了。」鎮長忽然恢復理智，他搖了搖小小的腦袋瓜。「錢可不會自己從樹上掉下來。」

「除非是黃金做的樹。」

鎮長沒有意會阿貝托的玩笑，但躲在走廊的男孩輕笑一聲。

「什麼聲音？」鎮長刷的轉頭張望，但是一看向門口，迪多已經不見蹤影。

「算了，一定是我的肚子。你這裡該不會剛好有東西可以吃吧？」

「恐怕沒有。」阿貝托說：「不過可能有一些抓老鼠用的發黴乳酪。」

「老鼠？」鎮長臉色發白。三十年前帶走無數人命的紫斑疫病就是老鼠散播的。「你家有老鼠？」

「只在廚房裡。」阿貝托撒謊。

鎮長一聽，馬上決定告辭。

阿貝托送鎮長離開後回到工作坊，發現迪多在等他。

「你聽到了嗎？」迪多問。他像走鋼索的特技演員一樣，走在其中一塊木板上。「他以為黃金橡木是黃金做的，連我都知道不是。」

「呃，鎮長跟大部分人不一樣。」阿貝托坦承。

「沒錯。」迪多附和。他從木板上跳下來，輕輕落在滿是木塵的

地板上。「大部分人沒那麼笨。」

「你這小鬼頭！」阿貝托慈愛的搖了搖頭。「來吧。」他招手要迪多靠近。「過來看看這種木頭。」

迪多像敏捷的格雷伊獵犬，一下子竄到他身邊。

「黃金橡木是很特別的木材，必須用特殊的方法刻塑。」阿貝托的手指撫過橡木最寬的部分，這塊會製作成鎮長棺材的底座。「想學嗎？」

「你是說……」迪多瞪大眼睛。「我可以幫忙製作鎮長的棺材？」

阿貝托點點頭，兩人立刻開始工作。

一線生機

冬天很早就降臨亞羅拉鎮。寒冬嚴酷無比，暴風雨在海面上醞釀成形，雨水一到達陸地就化為雪花。沿亞羅拉山丘盤旋向上的灰石路面，變成白茫茫的一片，魚兒為了逃離冰冷的海水，在躍起時跳得更高。每天都在下雪，丘頂的墓碑全都罩上一層白，像是恩佐烘焙的甜點上那層糖霜。

雖然白天愈來愈短，但迪多待在棺材匠家的時間愈來愈長。迪多說他喜歡工作。不過阿貝托從迪多挨近蠟燭和廚房壁爐的樣子，覺得他應該更喜歡取暖。

每年冬天都陸續有人過世，再加上要開始製作鎮長的棺材，阿貝托需要動員身邊所有幫手。就連菲亞也分配到工作——用尖嘴喙叼起工具幫忙傳遞。菲亞長大之後變得很強壯，可以獨力叼住幾把槌子，阿貝托希望牠很快就搬得動木材。

他們非常忙碌，迪多忙到手上長出大水泡，水泡破掉之後結痂長繭。雖然皮膚變得粗硬，迪多在阿貝托家卻更自在了，心也變得柔軟平靜。他待在屋裡的時間很快就超過待在屋外，只是每天到了天黑前一小時，他一定會離開。阿貝托會目送他衝向墓園，像黑影一般在夜色中消失無蹤。

阿貝托很想知道迪多去了哪裡，但是他不敢問。迪多聊起工作和菲亞時滔滔不絕，但只要一問起其他事情，他就渾身僵硬。老棺材匠看得出來，男孩很害怕，一直在躲避什麼，阿貝托想不出來會是什麼。阿貝托很擔心如果追根究柢，男孩和鳥兒都會從此在他的人生中消失。

一切都很平順。直到有天晚上，巨大的暴風雪籠罩全鎮。

「我早上去山下的恩佐店裡。」這天晚上阿貝托說，他和迪多正在製作鎮長的棺材。「他覺得要開始下大雪了。」

「已經下了兩週的雪。」迪多反駁。

「啊，不只是下一點小雪，是很大的暴風雪。恩佐從海裡的魚判斷，當魚兒的鱗片變得灰白，高高跳起來的時候，看起來就像半空中的小鵝卵石。在亞羅拉鎮流傳這麼一句話——一下大雪，屋頂奏樂。魚群咚隆咚隆落在屋頂上的響聲，就像敲響一千面大鼓。」

「我午餐時間才看到一隻魚飛過窗口。」迪多說。

「是啊，我沒弄錯的話，是隻鮪魚。我只是要說……」阿貝托停下手邊的工作，望著迪多。「你想要的話，可以留下來過夜。」話一出口，阿貝托馬上知道不該這樣提議。迪多渾身僵硬，羽毛蓬亂的菲亞飛竄到他身邊。

「你可以睡在工作坊裡，或廚房的壁爐旁。」阿貝托馬上說明。

「我……我想我該走了。」迪多放下槌子和鑿子，匆匆走向門口。「天快黑了。」

「當然可以。」阿貝托努力隱藏失望的心情。晚上屋子裡要是能有另一個活人作伴，會很棒的。「但能讓我先幫你拿條毛毯嗎？樓上一定有多的毯子。」

阿貝托匆忙走進自己房間，打開櫥櫃。底層有一條摺起的亮紅色

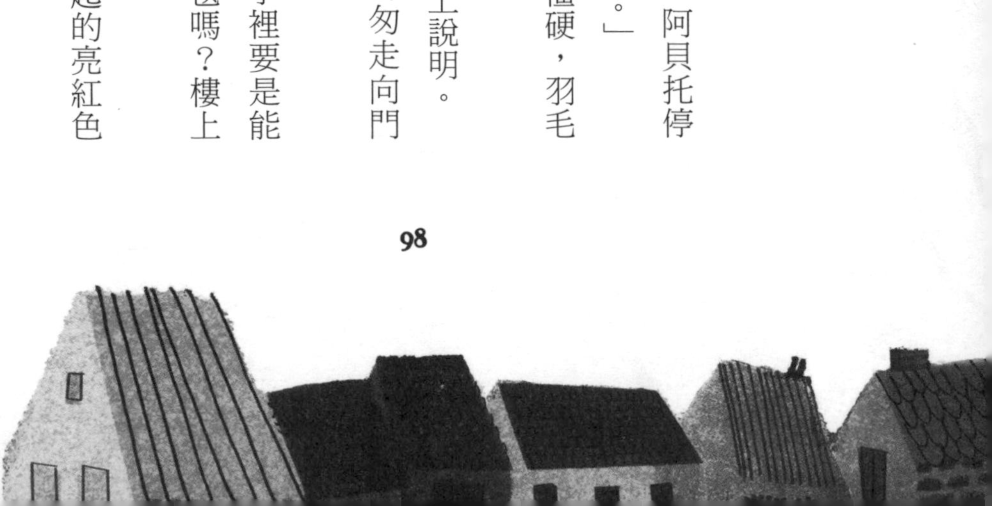

毛毯，以前是小愛伊達在蓋的。

「你還沒吃晚餐。」阿貝托遞毛毯給迪多時說：「沒關係，我幫你裝些燉湯，讓你帶回去。」

阿貝托走進廚房，將濃稠的燉魚湯舀到空碗裡。裝滿整碗以後，他小心的捧回工作坊。

「來，迪多。」他踏進工作坊時說：「我怕你餓，多裝了一點……」

阿貝托環顧工作坊，迪多和菲亞已經離開。他嘆了口氣，走到後窗旁將頭探出去。空中開始落下夾雜冰粒的雨雪，狂風呼嘯吹亂他的白髮。在逐漸暗沉的灰藍天光下，阿貝托瞥見丘頂墓園附近有一抹紅色身影，接著就再也看不見迪多和菲亞。

「迪多，晚安。」阿貝托柔聲說。他關上窗戶擋住寒氣，進屋去吃晚餐。

阿貝托醒來時，外頭已經變成銀白世界。強勁的暴風雪在夜裡襲捲亞羅拉鎮，全鎮在厚厚的積雪中陷入一片沉寂。阿貝托顧不得拿下睡帽就下樓，在快熄滅的壁爐爐火裡添柴薪，在火堆上煮熱一壺茶和另一鍋燉菜。趁著食物加熱，他在餐桌上擺好三份餐具。

茶煮滾了，燉菜也咕嘟冒泡，迪多和菲亞沒有出現。阿貝托擔心自己不小心鎖上了後門，趕緊過去確認。但是後門一推就開，根本不用鑰匙。

阿貝托向屋外張望。積雪像毛毯一樣覆蓋大地，雪地映出的亮光讓他得瞇起眼才看得到。花園、墓園，甚至天空，一切都白茫茫的。只有大海依舊藍濤洶湧。

阿貝托的眼神望向雪地，四處搜尋迪多的蹤跡，但是完全不見人影。他擔心會不會出了什麼事——也許迪多跌進雪堆裡，或是生病

了？接著又安慰自己不會有事的，迪多大概只是遲到，走在雪堆裡會比走在草地上更花時間。

又過了整整一小時，阿貝托沒辦法再等了。前一天下午來了一具遺體，他還沒開始製作棺材。於是，接下來幾小時，他獨自耐著寒冷在工作坊裡忙碌。每隔幾分鐘，他就朝門口瞥一眼，看看迪多是不是到了。但是迪多一直沒有出現。

「希望他沒事。」他向維特洛帝先生吐露心聲。

但是老先生已經過世，沒有答話。

菲亞吱嘎鳴叫，騰空飛上逐漸陰暗的天空，被風吹得滿眼雪花。牠掃視下方的陸地，尋找亞羅拉鎮，但是到處看起來都一樣。牠著急的不斷繞圈，尋找明亮城鎮的蹤跡。終於看見兩道細細的金屬線——

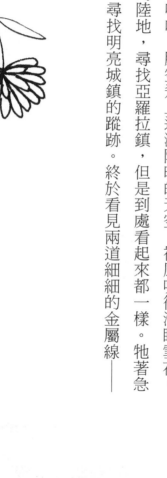

是通往亞羅拉鎮的火車鐵軌。

菲亞盤旋飛近地面，沿著鐵軌飛去。牠只能不停繞大圈，因為受過傷的翅膀拖著牠向下降。牠拚命鼓動雙翅，直到看見亞羅拉鎮的高聳石牆矗立前方。

牠太虛弱，沒辦法飛越石牆，只好從城門柵欄間飛竄而過。兩名持卡賓槍的衛兵驚奇的回過頭，看著鳥兒飛越主廣場。但是菲亞沒有回頭看他們，牠繞圈盤旋飛過麵包店、酒館、鐵匠鋪和甜點店，尋找山丘上最高的那棟房子。有幾次累得沒力氣拍動翅膀，一頭栽進雪裡，但牠總是在雪花開始堆積在身上之前，再次振翅飛上半空。當夜色籠罩亞羅拉鎮，星星開始在洶湧的冰冷大海上空閃爍，菲亞終於看見牠要找的房子。

阿貝托正坐在桌旁吃晚餐，忽然廚房窗戶傳來三聲響亮的敲擊聲。他顧不得吃燉菜，就過去打開百葉窗，一隻鳥從窗外撲動雙翅迎面飛來。

「菲亞？」阿貝托問。亮藍色的鳥頭上罩著一層雪花，就像戴了頂白帽子。「迪多呢？」他探頭望向街道，沒看見男孩。「發生什麼事了？」

「吱啾！」菲亞發出一聲鳴叫。牠重重倒臥在窗台上，歇息雙翅。

「怎麼一回事？迪多人在哪？」

菲亞的回答是飛到半空中，叼住阿貝托的袖子不停拉扯。*跟我走*，牠似乎這麼說。

阿貝托端起整碗燉菜，拎起一盞還未點燃的油燈匆匆走向門口。

*

阿貝托跟著菲亞沿蜿蜒街道走下亞羅拉山丘。路面鋪石和啃噬臉頰的寒風一樣冰冷，他暗暗後悔沒帶大衣。家家戶戶緊閉的百葉窗內透出光線，亞羅拉鎮上城區的街道上空無一人。

阿貝托抵達市集廣場時，看見兩名持卡賓槍的衛兵在監獄外面站崗，傻子漁夫蜷縮在滿滿一籃魚後的破布堆裡睡著了。阿貝托盡量走在陰暗角落，躡手躡腳避開那三個人的視線。他最不想遇到的事，就是三更半夜溜出城時被逮個正著。他要怎麼向衛兵解釋？他有預感，迪多絕不希望他實話實說。

等走到城牆旁，阿貝托才點起油燈，燈火綻放溫暖的橘紅光芒。飛在阿貝托頭上的小菲亞向右轉，牠沿著火車鐵軌，朝內陸的方向

飛去。

每週只有兩班火車會到亞羅拉鎮——一班週一早上抵達，另一班週五傍晚抵達。這天是週三，軌道上寂靜無聲。阿貝托循著鐵軌前進，天空中的雲層忽聚忽散。每次月亮露出臉來，就有一塊大地被月光照亮，深山裡的狼群也嗥叫起來。阿貝托暗自希望沒有一隻是在迪多附近。

鐵道管理員已經清除了鐵軌上全都的積雪，所以阿貝托跟著菲亞一路走來很順暢。但是出城走了一哩路之後，菲亞偏離鐵軌朝右飛去。阿貝托認得方向——是往維塔山谷的路。

離開鐵軌之後，沿途新積的雪堆很深。阿貝托每向前踩一步，兩腿都會深陷在雪堆裡，得使盡全身力氣才能從雪堆拔起。時間一分一秒過去，他愈來愈虛弱無力，擔心可能必須放棄回頭。再向前一點，

積雪依然很深，他感覺到地面開始變成下坡。

維塔山谷位在亞羅拉鎮北方。山谷中央坐落著一棟小屋，是百年前一個農夫搭建的。在波尼朵小姐搬進去之前，七十年來都是沒人住的空屋。

小屋用石頭砌建，有一個小煙囪和前門，四面牆上間距相等的位置各開了一扇窗。屋外一側堆了少許柴薪。木柴已經結成堅冰，柴堆邊緣懸垂的冰柱在忽明忽暗的月光照耀下泛著藍光。

抵達小屋以後，菲亞從阿貝托身邊飛到屋頂上。牠沿著屋瓦蹦跳幾下，隱沒在冰冷的煙囪裡。阿貝托年紀大了，沒辦法爬上屋頂，而且身形比較高大，也沒辦法擠進煙囪管，只能從前門進去。

門乍看好像鎖上了，但只要用力一頂就能推開。阿貝托隨著飄飛的雪花進入小屋。

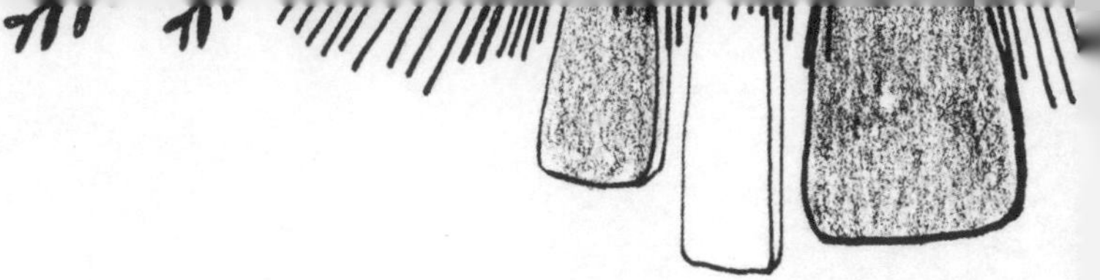

阿貝托停下腳步，提起油燈照向四周。小屋裡頭看起來不太適合人居，比較像是給動物住的，汙穢的地板上蓋著乾草，角落橫躺著一道破損的長槽。阿貝托沿著牆邊，走到另一扇門旁。

門開時咿呀作響，如同室外一樣寒冷的空氣裹住阿貝托全身。他走進房間，差點被一張鐵床絆了一跤。床上空無一人，他開始擔心迪多根本不在這裡。菲亞吱啾叫了一聲，他才注意到熄滅的火堆前有堆毛毯。

「迪多？」阿貝托趕忙走近，在毛毯堆旁蹲跪下來。

迪多的頭靠在一個髒兮兮的枕頭上，身體緊緊蜷縮在愛伊達的紅毯中。就算在油燈的溫暖黃光下，阿貝托也看得出他渾身發青。

「天啊，迪多！」阿貝托說。他將裝滿燉菜的碗放在地上，油燈也擱在一旁。接著伸手去摸迪多的脖子，想找他的脈搏，但是怎麼也

感覺不到跳動。

「我來晚了。」阿貝托說，他跪坐在地。迪多一定是在暴風雪來時睡著，凍昏以後就醒不來了。「我今天早上就應該過來的，我就知道出事了。沒想到下一個要做的會是你的棺材，迪多，我對不起你。」

阿貝托啜泣起來，但是菲亞不讓他悲傷太久。牠飛落他身邊，在他臉頰上用力啄了一下。

再試一次，牠似乎在說。

於是阿貝托帶著盼望，抬起老邁的手指湊近迪多纖細的脖子。他不斷摸索，努力尋找脈搏，終於感覺到一絲微弱的生命跡象。

「迪多！」他大喊：「你還活著！」

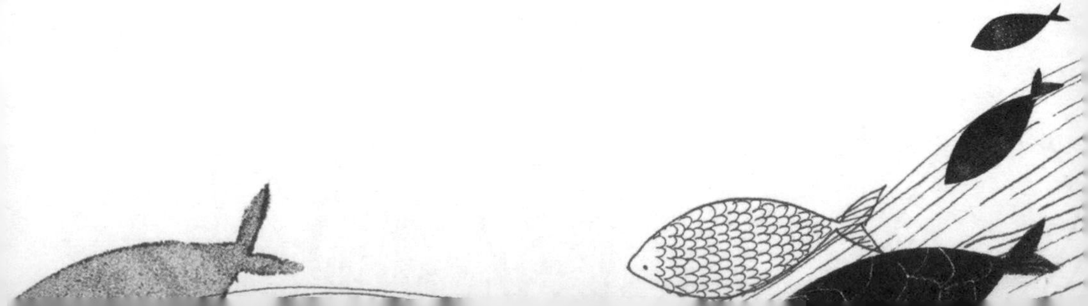

油燈飛起來了

阿貝托沒辦法同時抱著迪多提油燈，幸好有幫手——菲亞照著迪多之前在工作坊教牠叼住工具傳遞的把戲，用嘴喙叼住油燈提把，阿貝托在一旁抱起迪多。

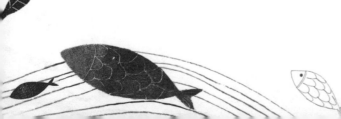

回亞羅拉鎮的路程比前往維塔山谷更加漫長。等到抵達主廣場，卡賓槍衛兵已經睡著，菲亞也疲憊得落在阿貝托的肩頭歇息。

阿貝托默默橫越廣場，開始爬上山丘。看到自家隔壁的屋子還一片漆黑，他鬆了口氣。要是讓費娜絲特拉姊妹看到他們，隔天早上全鎮談論的第一件事，就會是他在大雪中抱回家的小男孩，以及那隻叼著油燈照亮道路的鳥兒。

阿貝托將迪多抱在懷中，一手將鑰匙插入匙孔裡，然後推開前門。他踏進走廊，朝工作坊走去。直到看見橫放在工作坊裡的棺材，才發現自己走錯地方。他停住腳步，轉頭向樓上走去。

當阿貝托打開孩子房間的門，灰塵撲面而來。三張床貼牆擺放，另一邊牆上的壁爐已經用板子封住。他把迪多放在最靠近門口的床上，取下菲亞叼住的油燈。牠滿懷感激的吱啾一聲，接著啪答一聲落在迪多身旁的枕頭上。

阿貝托找出一條沾了灰塵的毛毯蓋住渾身冰冷的迪多，再拆掉封起老壁爐的板子，壁爐裡還留有一堆枯葉和枯枝。他用油燈燃起爐火，然後下樓取來木柴，在壁爐裡生起劈啪作響的烈火。他關上門，將熱氣留在室內，在迪多身旁的椅子坐下。

*

阿貝托整夜看顧迪多，迪多一發抖，就幫他加毛毯，爐火一變小，就趕忙添柴火。爐火熊熊燃燒，到了午夜，老房間裡明亮炙熱彷彿盛夏。

墓園的鐘聲響起，阿貝托聽著時間流逝——一點鐘——兩點鐘——三點鐘——直到早上。但在房間裡，牆上的時鐘指針和躺在時鐘下方的男孩都一動也不動。

第一天，阿貝托整天守在迪多身邊，幾乎寸步不離。男孩的臉頰到了中午總算不再發青，到了下午卻轉紅，前額開始高燒不退。

阿貝托樓上樓下來回奔波，忙著端來整盆冷水，將布巾沾溼，放在迪多發燙的額頭上。在工作坊裡的時候，面前躺的人如果忽然開口說話，他肯定會嚇一大跳。但是現在他盼著、望著甚至祈禱著，希望躺在他面前的迪多能開口說話。

「我真的不知道……」阿貝托在入夜時說，他拿起迪多額上發燙的溼布。「我真的不知道如何是好，我從來沒救活過任何人。我只會幫忙埋葬。」全天下還活著的人裡面，阿貝托最不想埋葬的就是迪多・波尼朵。

隔天早上，阿貝托一醒來，就聽到街道上傳來兩個女人呼喚他的聲音。

「喲——呼！」克萊拉・費娜絲特拉大喊，她掄起拳頭猛敲前門。

「是我們啦！」羅莎・費娜絲特拉在她身旁吆喝。

阿貝托哀嘆一聲，睜開雙眼。不管是在一天中哪一個時刻，他最不想講話的對象就是費娜絲特拉姊妹，更別說剛起床的時候。但是他知道自己必須去應門，否則她們可能會找人來破門而入。

「我離開的時候，你能幫忙照顧迪多嗎？」他問菲亞。雖然他過去三十年都跟死人講話，跟鳥講話還是讓他覺得有點蠢。但菲亞似乎聽得懂，牠吱啾一聲回應。於是阿貝托下樓應門。

「羅莎！克萊拉！」阿貝托勉強裝出雀躍的神情。「妳們來這裡有什麼事嗎？」兩個人都還活著，所以不是來訂棺材，除非她們也想提早預訂。

「我們來看看你好不好。」克萊拉說。

「我們很擔心。」羅莎附和。

「擔心？」阿貝托笑了。「妳們為什麼擔心我？」

「因為你錯過葬禮了。」

「什麼葬——噢，那場葬禮。」阿貝托的語氣不再雀躍。他完全忘記昨天中午維特洛帝先生的葬禮了。「嗯，對。我只是……感冒了。」為了佐證，他假裝擤了下鼻子。

「呃，我們注意到你家生了火。」克萊拉朝樓上臥室冒出的一絲煙氣努了努嘴。「你一定病得很重。」

「有可能一病不起。」羅莎附和，「你三十年來都不曾在那座壁爐生火。要不要我們幫你煮點湯？」

「不用，我很——」

「我們煮湯給你喝！」克萊拉決定。「連湯都不幫你煮，我們還算什麼鄰居？」

「好吧。」阿貝托無可奈何的嘆了口氣。大家都知道費娜絲特拉

姊妹不會煮菜。她們會把幾種食材分量加倍，另外幾種直接略過，再加一些嚴格來說根本不算食物的「私房」材料。

「我們午餐前會再來。」兩姊妹說完就興高采烈離開了，回家幫阿貝托煮惡名昭彰的茴香湯。

蛋糕、甜點和草莓果醬

雖然菲亞喝了幾口羅莎和克萊拉煮的湯，但牠最先康復。牠因為叨著油燈飛行耗盡了體力，幾天之後，終於恢復過來，開始在屋裡盤旋。牠的嘴喙因為叼太久油燈變得稍微歪斜，不過現在看起來至少和牠的翅膀很相襯。

阿貝托拚命添木柴燒旺爐火，煙囪持續冒出縷縷濃煙。每過一天，外頭的氣溫就下降一度，直到天氣冷得甚至不再下雪。阿貝托心知肚明，如果沒有帶迪多回來，他就會和他的母親一樣死在那個房間。

除了不得不趕工製作棺材的時候，阿貝托整天都忙著照顧迪多。雖然懷疑自己能不能救活男孩，但他堅持不放棄。他讓爐火燒得熾烈穩定，將毯子烘得暖呼呼的，自己整晚守在男孩床前。但不管阿貝托怎麼努力，迪多．波尼朵始終沒有醒來。老棺材匠得試試別的法子。

阿貝托留下菲亞看顧迪多，留一扇打開的窗戶，讓牠在必要時可以飛出門求援。接著他下山進城，去幫迪多買一份甜得足以喚醒他的點心。

第一天，阿貝托前往恩佐的麵包店。

「早安，恩佐。」他走進暖和的店鋪裡時開口打招呼。眼前的玻璃櫃裡霧氣瀰漫，迷濛中依稀可以看到奶油小圓麵包、夾了滿滿黑莓醬的甜甜圈，以及和拳頭一樣大的葡萄乾蛋糕。他瞥見傻子漁夫待在店裡的角落，一定是恩佐讓他晚上進店裡避寒。

「早安，阿貝托。」麵包師傅回以和店鋪一樣溫暖的笑容。他經過熟睡的漁夫身前，向老朋友走近：「好幾天沒看到你了。」

「最近受了點風寒。」

「啊，我太太也是。我去幫你拿一條新鮮麵包。」

「其實，」阿貝托在麵包師傅轉身時說：「我今天不是來買麵包的。我想買點甜的。」

「你終於開始吃甜點了？」恩佐輕笑一聲。「我早知道你總有一天會愛上甜點的，來一點柑橘蛋糕怎麼樣？」

阿貝托看了看恩佐手指的圓形小蛋糕，搖了搖頭。他不覺得迪多會喜歡。

「有什麼更甜的嗎？」

「當然。檸檬奶油派怎麼樣？」

阿貝托又搖了搖頭。

「還要更甜？」恩佐問。

「我要你們店裡最甜的點心。」

恩佐走到玻璃櫃後方，輪流審視每種甜點。有幾次他輕輕點頭，又搖搖頭。最後他說：「啊，就是這個，毫無疑問。再也找不到比這更甜的了。」接著從最高的架子上端出一道點心，放在羊皮紙上，送到阿貝托眼前。

「這是什麼？」阿貝托問。

「三層奶油夾餡蛋糕，加了蛋奶醬和奶油糖漿。蛋糕裡用了將近半袋糖。」

「太好了。」阿貝托說：「我就買這個。」

第二天，迪多吃了三層奶油夾餡蛋糕之後還是一動也不動，阿貝托再次來到亞羅拉鎮的主廣場。他打量四周的店家，目光很快落在轉角的一間粉紅色店鋪。他橫越廣場，走進克蘿汀夫人的糖果店。

「阿貝托？」年邁的克蘿汀夫人看到是誰上門之後說：「老天，我已經三十年沒見到你了。你上回是買什麼來著？」她頓了一下，兩眼瞪著天花板。「啊，我想起來了。是給安娜瑪麗的巧克力狼、給安東尼奧的斑點青蛙，以及給小愛伊達的覆盆莓小魚。」原本微笑的她忽然眉頭深鎖。「願可愛的孩子和他們的母親安息。」她比劃十字聖號之後，湊近阿貝托：「那麼，你今天想買點什麼呢？」

阿貝托摘下結霜的鴨舌帽之後回答：「我想買點甜的。」

「那你真是來對地方了。全亞羅拉鎮再也找不到比我們的點心更甜的店。來，向你介紹幾種糖果。」

克蘿汀夫人搖曳著顏色鮮明的蓬大裙襬，領著阿貝托瀏覽店裡的糖果。她指著店內陳列的每種糖果，依序向阿貝托介紹。

「這是安娜瑪麗非常愛吃的巧克力狼，是我們店裡最暢銷的商品，尤其受到夏天從北方來的觀光客歡迎。你也知道，北方沒有狼。大山脈太高了，狼群沒辦法跨越。

「還有這邊這些，」她指著滿滿一桶小鳥造型的彩虹果凍，「叫做夏之飛鳥。吃了之後舌頭和牙齒會染上彩色，兩週都不會褪色。

「而這些，」她說，在一桶綠褐相間的風車造型棒棒糖前站定，「是薄荷奶油做的。吃一口克蘿汀夫人最有名的薄荷奶油糖，保證立刻振作清醒。」

阿貝托相信薄荷奶油糖肯定有效，但很可惜，還是沒用。所以，

到了第三天，阿貝托再次下山來到亞羅拉鎮的主廣場。這次他走進全鎮唯一的果醬店，指名要買店裡最好的一罐草莓果醬。他聽迪多說了好幾次有多麼愛吃草莓果醬。

「阿貝托，我這就拿來。」果醬師傅希利羅說。他從身後的架子上取下一大罐果醬，繫上紅色絲帶。希利羅走近送上果醬，阿貝托遞出三枚銅幣。

「不用，不用錢。」果醬師傅說：「這罐果醬免費。」

「但我不能不付錢。」阿貝托將錢幣放在櫃台。

「那我更要堅持，不能收你的錢。」果醬師傅說。他拿起錢幣，疊在果醬罐蓋上，兩樣一起遞向棺材匠。

「可是為什麼？」阿貝托問，他想不通。

「我母親過世時，我們只付得起蜘蛛木的錢，」果醬師傅解釋：

「但是你用白楊木幫她製作棺材。我願意將店裡所有果醬都免費送你，做為答謝。」

阿貝托相信迪多吃了草莓果醬一定會醒來，但很遺憾，不論是三層奶油夾餡蛋糕、薄荷奶油糖或草莓果醬，都沒辦法喚醒迪多。

阿貝托開始害怕再也沒有辦法可以救回垂死的迪多。他甚至考慮要幫迪多量尺寸準備製作棺材，但手裡拿著捲尺，始終沒辦法硬下心腸測量。幸好，在他冒著大雪將虛弱的男孩抱回來的第十二天，迪多·波尼朵醒來了。

「迪多！」阿貝托大喊。他將冒著熱氣的碗從男孩蒼白的小臉前移開。「你醒了！」他不敢相信自己竟然辦到了，他救活了迪多。

迪多抬頭看向阿貝托，再轉頭看向那碗食物。他深吸一口氣，說

出十二天來的第一句話。

「那是巧克力嗎？」他的聲音嘶啞。

阿貝托笑了。「是，沒錯。巧克力布丁，照著我太太的食譜做的。還是溫熱的，上面加了鮮奶油，要吃一點嗎？」

阿貝托扶迪多坐起來，讓他倚靠在枕頭上，再舀一些布丁餵他。迪多嚥下布丁，咳幾下嗆吐出來，又再吞下去。

「真好吃。」他露出和巧克力一樣甜的滿足笑容。

迪多吃完之後，菲亞把碗裡剩的布丁啄乾淨。在迪多昏迷不醒的十二天中，牠愈長愈大。菲亞現在的大小不再像麻雀或喜鵲，已經長得比老鷹還大了。

迪多環顧房間。「我在哪裡？」他問。

「在我家。」

「我從沒看過這個房間。」

「因為我們在樓上，這是我孩子的房間。但是你願意的話，以後就是你的房間了，你想住多久都可以。」

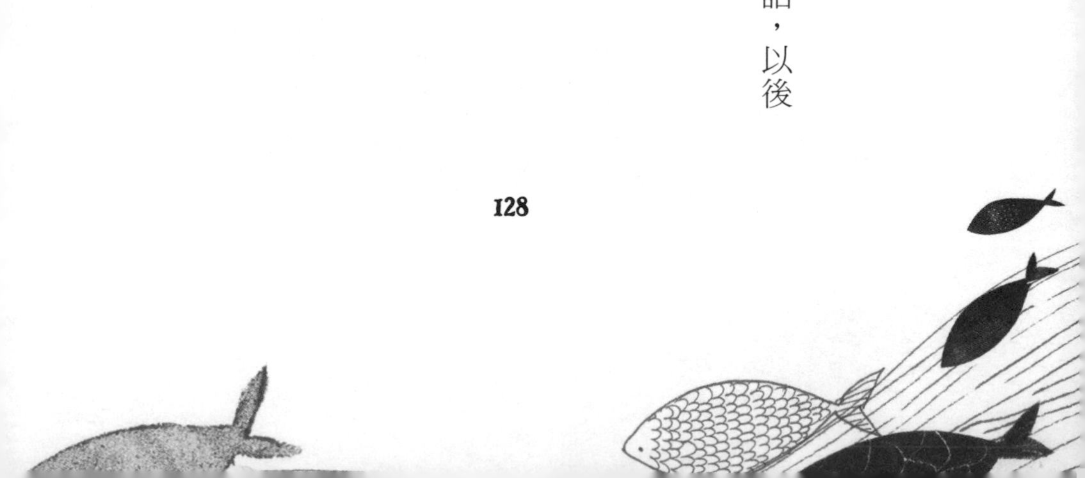

迪多的第一個床邊故事

迪多簡直不敢相信，他從來不曾擁有自己的房間。雖然他的第一個房間裡擺滿其他人的東西，從書本、手縫玩偶到木馬全都沾滿灰塵，他還是覺得這是全世界最棒的房間。

冬天的日子一天比一天寒冷陰暗，而迪多的新家一天比一天溫暖明亮。在吃了很多巧克力布丁、燉魚湯和整袋薄荷奶油糖之後，迪多慢慢恢復健康，可以下床走路，幾天以後就能探索房子裡的每個房間。他朝每張床底下探頭，打開每個櫥櫃，檢查阿貝托工作坊裡的每件工具。他只離一樣東西遠遠的——窗戶。

阿貝托知道迪多不想被別人看到（雖然他不確定為什麼），因此特別警告迪多要留意住在隔壁的兩名危險人物。

「你一定要小心。」有一天阿貝托告訴正在廚房吃早餐的迪多：「隔壁年老的克萊拉和羅莎姊妹很愛說長道短，不管什麼事情，她們逢人就講。要是她們發現你在這裡，消息到了午餐時間就會傳遍全鎮。」

迪多很認真看待阿貝托的警告。他立刻將吃剩半碗的粥放在桌上，上樓找來一張舊床單。接下來一整天，他忙著將床單撕成小片，用布片遮住每扇窗戶。

阿貝托看著屋子裡每個房間都遮得密不透光，心底有種不好的預感。迪多不只是擔心被別人看見，簡直是無比驚恐，可是為什麼？

雖然只要在第二座壁爐裡生火，就可以讓整棟房屋保持暖和，阿貝托還是將屋裡所有壁爐都點燃。很快的，即使窗戶用布遮住，所有房間都變得亮晃晃的，突出屋頂的煙囪將一陣陣煙霧歡快的送入半空，彷彿在向遠方發出訊號。

迪多不讓阿貝托帶他下山進城，但是偶爾會趁羅莎和克萊拉白天出門購物，或晚上躺在床上發出媲美兩列載貨火車的轟隆鼾聲時，偷偷溜進花園裡透透氣。接著他會回到自己房間，坐在壁爐旁聽阿貝托念故事。

來到棺材匠家之前，迪多從來沒有聽過故事。所以要挑選第一個床邊故事的時候，他非常慎重。他取下臥室架子上的每一本書，輪流翻看。他仔細研究封面的圖畫、內頁的圖畫，以及布滿封面和內頁的

文字。終於，他做出決定。

「你可以念這本給我聽嗎？」他問阿貝托。迪多拿起一本布面大書，封面畫了一座巨大的山。

「啊！」阿貝托說：「《伊索拉的故事》，是安娜瑪麗最喜歡的，很長的故事。」他提醒迪多。「要花好幾個晚上才念得完。」

「沒關係。」迪多將書遞給阿貝托。「所以我挑了這本。」

棺材匠接過書，清了清喉嚨。「很好。」他說，戴上老花眼鏡，三十年來頭一次翻開沾滿灰塵的書頁。

從前有一個有名的探險家，他的名字是吉歐凡尼·摩瑞蒂，大家都叫他吉歐。吉歐還是小孩子的時候，會眺望沒人爬過的樹，然後爬上那些樹。當吉歐長大變成年輕人，他會眺望沒人橫越過的洶湧河

流，然後橫越那些河。當吉歐不再年輕但也還沒年老，他會眺望沒人登過的山，然後登上那些山。吉歐是世界上最偉大的探險家，三十三歲那年，他完成一生中最偉大的探險。

吉歐在三十三歲生日那天早上，決定攀登一座從地面看起來毫不起眼的山。但是等他登上頂峰，那座山真正的神奇魔力才開始顯現。

就像冬天晨霧散去，景物豁然清晰的那一刻，吉歐頭一次清楚看見山真正的面貌。山上的樹木枝幹全是白銀，鮮花的花瓣全是紅寶石，而草葉全都是綠寶石。在神奇的景致中還有更多奇觀——魚群在陸地上行走，馬匹在空中撒蹄奔跑，鳥兒不但會飛，也會游泳。

吉歐俯瞰種種奇景，努力想幫這座剛登上的山取名字。但在想出名字之前，風中傳來一聲呢喃細語，悄聲對他說——

伊索拉。

「伊索拉？」吉歐說：「對，這是名字，就是這個名字。我要用這個名字為我的山命名。」

吉歐摘下一朵紅寶石花，回到山下平凡無奇的世界，開始走遍世界各地，告訴所有人他發現的神奇山峰。但就算有紅寶石花當證明，沒有任何人相信他的話。

「怎麼可能！」男人聽到吉歐講述冒險經歷時說。

「不可能是真的！」女人聽到丈夫轉述吉歐的故事時會附和。

「是真的！」吉歐聽到別人說他是騙子時會大喊：「是真的！」他向圍過來聽故事的人群大喊：「我發誓，這是真的。這裡，你看，這是地圖。」他攤開一張羊皮紙，指著中央的一個十字。「就在這裡，那座神奇的山峰：神奇的伊索拉山。」

大多數人根本不相信吉歐的話。

「只是瘋子在胡言亂語。」他們全都點頭贊同。

但是有些人，只有一些，他們看了這張地圖，開始猜想搞不好吉歐沒有騙人，他說的神奇景象可能是真的。於是，在吉歐發現伊索拉山的一個月之後，一小群人帶了一張地圖，自行出發尋找伊索拉山。

念到故事第一章的結尾，阿貝托闔上書，摘下老花眼鏡。

「可以再多念一點嗎？」迪多問。他聽故事的時候，一下也沒動過，菲亞也是。牠聽得太入神，尾羽末端不小心擦過爐火燒焦了。

「今天晚上不行，迪多。我累了。」

「那就明天？」

「好，明天我念下一章給你聽。」

「那後天呢？」迪多將書放回架子上時問：「可以再念一章嗎？」

「我每天晚上都會念一章給你聽，一直念下去，直到念完整個故事。好了，迪多．波尼朵，現在大家都該上床睡覺囉。」

*

「阿貝托家看起來很暖和。」克萊拉邊從窗口窺看邊說。她被一尾巨大鯖魚躍上屋頂撞落屋瓦的響聲吵醒，之後再也睡不著，於是探頭俯瞰整條亞羅拉街，搜尋八卦話題的蛛絲馬跡。「看看他家冒出來的煙。」棺材匠家上空飄著四道煙氣。

同一尾巨大鯖魚撞進房間壁爐時，吵醒了羅莎，她快步走到窗邊張望。「妳覺得為什麼他家所有壁爐都點起來了？」她悄聲問。

「也許他很冷，也許……」克萊拉驚叫一聲，恐懼的瞪大雙眼。

「噢不！」她喊。

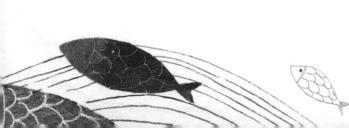

「是什麼？」羅莎問。

「妳不覺得……」

「不覺得什麼？」羅莎還是老樣子，想事情總比姊姊慢一拍。

「妳不覺得他在燒屍體嗎？難道不像嗎？」

羅莎一聲驚叫，比克萊拉更大聲。她將頭伸出窗外，接下來整晚都拚命想看清老棺材匠在做什麼。

偷了三顆蘋果的人

等完成鎮長的棺材框，開始製作裝飾棺蓋的第一批小天使時，迪多已經在阿貝托家住了兩週。

「迪多，你做得很棒！」看著男孩在木頭翅膀上刻出羽毛時，阿貝托誇讚。迪多的小手做起精細的工作比較容易，但不只這樣，迪多很有木工天分。彷彿他天生知道該怎麼刻塑形狀，伸個手就能完成工作。連阿貝托的兒子安東尼奧以前幫忙雕刻木頭時，都沒有這麼高明。「我敢打賭，你一定也能成為厲害的鐵匠。或許你還可以去打鐵鋪，跟路卡老師傳學些技術？」

聽到阿貝托這麼說，迪多的手一滑，小天使的右臉頰上刮出一道很深的痕跡。

「別擔心。」阿貝托說，他看到迪多兩手發抖。「我只是說說。如果你不想，哪裡都不用去。」

迪多發抖的雙手慢慢穩定。原本低頭看著棺材的他，抬起頭說：「我想待在這裡就好。」

「你確定？」阿貝托問：「外頭還有很多好玩的。」他揮手指向窗戶和窗外的廣大世界。

迪多搖搖頭，將注意力重新放在鎮長的棺材上。他調整握鑿子的方式，開始在小天使有刮痕的翅膀上再刻出一根羽毛。

阿貝托回到自己剛剛雕刻的小天使旁，眼神卻沒有離開迪多。雖然已經照顧迪多好幾週了，他對男孩的身世幾乎一無所知。迪多就像他很想拼成的一幅拼圖，但是少了那麼多片要怎麼拼出來呢？阿貝托仍舊希望有一天能夠真相大白，於是小心翼翼的向男孩提出一個問題。

「迪多，」他問：「你為什麼不想出門？你在害怕什麼嗎？拜託，跟我說。」迪多不發一語，阿貝托又說：「請告訴我實話，或許我可以幫忙。」

在棺材旁的迪多抬起頭，認真的觀察阿貝托。看到讓他安心的表情之後說：「我不想出門，因為出門可能會被人看見。」

「你怕誰看見？」阿貝托問。

「所有人。」

「被看見有什麼可怕的？」

迪多沉默了一會兒，似乎不願回答。但他還是說了：「人們看見什麼就講什麼，如果講到我，他可能會聽到。就會來抓我。」

「他？」阿貝托問：「他是誰？」

「爸爸。」

阿貝托倒抽一口氣。「迪多，你從來沒提過你有爸爸。我應該聯絡他，告訴他你很平安。」

「不可以！」迪多驚恐的圓睜雙眼，兩眼幾乎變成原來的兩倍大。「絕不能讓他知道我在這裡。」

「可是為什麼？你爸爸有什麼不好嗎？」

迪多的眼神在房間飛快游移。看向積了灰塵的屋頂，再看向空無一物的棺材，接著看向掛在牆上、共有五種不同大小的鋸子。最後，他看向阿貝托。

「一點都不好，」他輕聲說：「所以我們逃出來了。」

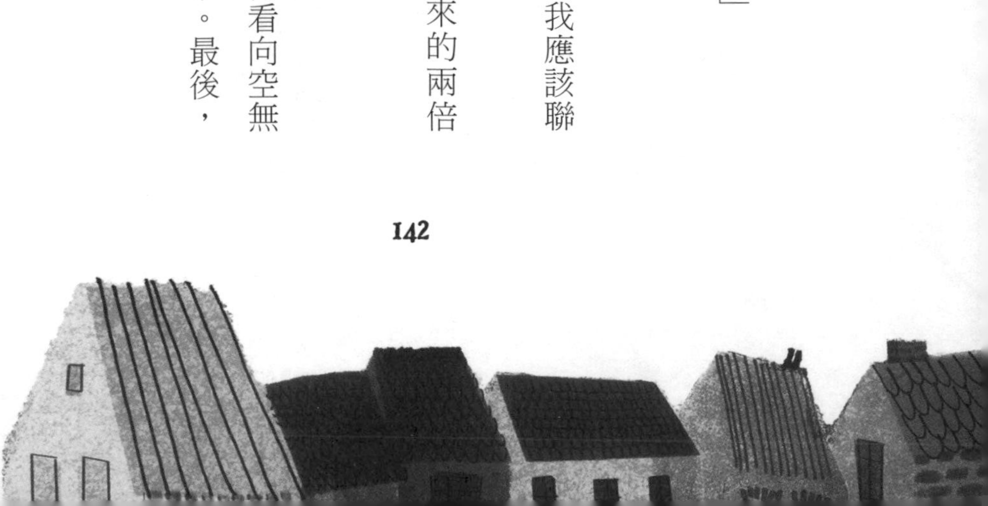

「從北方？」阿貝托問。

迪多點點頭。「我們是從山脈另一邊來的，只有我和媽媽。我們坐火車，每到一站就下車，想在當地生活。但是不管在哪裡下車，他都找得到我們。我們躲在特倫多鎮被他找到，睡在維洛納城外的馬廄，也被他找到，就連躲在離最近的城鎮十哩遠的北邊森林，還是被他找到了。然後他就會把我們抓回家。」

「他會傷害你嗎？」阿貝托問。他滿心憂慮，臉上的皺紋更深了。

迪多搖搖頭。「媽媽不會讓他傷害我，她會保護我。」迪多講起媽媽時，小臉像是陽光普照般亮了起來，但很快又被一朵烏雲籠罩。「後來他就不讓我們離開屋子。但是有一天晚上，我們趁他出去巡邏的時候逃跑。這次搭上火車之後，我們一直坐到終點站才下車。媽媽以前常說這個地方很神奇，她說在亞羅拉鎮如果有人肚子餓，只要伸出手，就可以從天上抓一尾魚來吃。」

「迪多，」阿貝托說：「你在這裡住了超過一年。也許，我是說也許，你爸爸已經放棄尋找你們了。」

迪多搖頭。「他絕不會放棄。」

「你怎麼能確定呢？」

自從來到老棺材匠家，迪多第一次下定決心，要講一個他自己的故事給阿貝托聽。

有一天，一個人闖進我們家，偷走三顆蘋果。爸爸是波薩諾的卡賓槍衛兵隊隊長，他知道偷東西的人一定要受到懲罰。他公開懸賞，誰先告發小偷，就能獲得一枚金幣。

過不了多久，隔天就有一個女人來我們家，說偷蘋果的人住在城

外的一座農場。

爸爸召集手下三名最優秀的卡賓槍衛兵，邁著大步出城前往那座農場。他發現一個老人站在圍欄圈起來的一小片草地上，圍欄裡有一隻乳牛、一隻綿羊和一隻雞。

三隻動物是老人僅有的東西。他喝牛奶當早餐，吃雞下的蛋當午餐，冬天時用綿羊的毛幫自己織一件溫暖的毛衣。

爸爸低頭看看這個老人，然後說：「就是你偷了三顆蘋果？」

這個人是因為肚子餓才當小偷，但他不是騙子。所以他跟爸爸說了實話。

「沒錯。」他說：「是我，我從你家偷了三顆蘋果。」

「只要是小偷，就必須受到懲罰。」爸爸說：「你偷了三顆蘋果，所以現在你欠我三樣東西。」

冬天才剛過，這天也已經很晚了，所以老人已經喝掉牛奶、吃掉雞蛋，也用綿羊的羊毛做了一件毛衣。但是他想到一個主意。

「明天你可以拿走我的一桶牛奶，後天你可以拿走我的一顆雞蛋。等到冬天來的時候，我會幫你用羊毛織一件毛衣。」

爸爸考慮了一下他的提議，然後搖搖頭。這樣不夠。他對第一名衛兵說：「帶走他的乳牛。」

然後他對第二名衛兵下令：「帶走他的綿羊。」

接著他對第三名衛兵大吼：「帶走他的雞！」

「求求你！」衛兵開始拖走動物，老人哀求：「我只有這些了。求求你，只帶走一隻就好。只帶走綿羊，或是帶走兩隻吧，綿羊和雞都給你。請把乳牛留給我吧。求求你，你總得留一點東西給我。」

但是爸爸說：「你偷了三顆蘋果，不是一顆。」

然後他和三名衛兵就將動物帶走了。

「你看，」迪多說：「爸爸就是這樣的人。如果有人拿走他的東西，他非得討回來或傷害對方才肯罷休。」

「可是……可是這應該只是個故事而已。」阿貝托說。

迪多搖搖頭。「不是故事，是真正發生過的事。」

工作坊裡變得靜悄悄的，他們甚至可以聽到一尾魚在費娜絲特拉姊妹家的屋頂上翻滾跳躍的聲音。阿貝托想不出該說什麼，但是迪多想到了。他有一個請求，講了這麼多爸爸的事，讓他迫切想見一個人。

「阿貝托？」他問：「你可以帶我去看媽媽嗎？」

知道迪多在躲誰以後，阿貝托恨不得讓男孩永遠躲在屋子裡。但是他看到迪多一臉期盼，知道自己沒辦法拒絕。

「當然可以。」他說：「我今天晚上帶你去。」

阿貝托探了一下，確認街道裡沒人。迪多跟在他身後，望向夜空。當時已經很晚，亞羅拉鎮下城區的人家全都熄了燈火，從隔壁屋子的百葉窗輪番傳出兩陣鼾聲。

「跟我來。」阿貝托悄聲向迪多說。

迪多裹著安東尼奧的舊冬衣，第一次踏進亞羅拉街。菲亞飛在他身旁，享受在深夜的空氣中拍動雙翅的感覺。

巨大冰帽流入山下的深暗河水，發出轟隆聲響，完全吞沒阿貝托和迪多爬上亞羅拉山丘時鞋子發出的啪噠聲。兩人抵達山丘頂的墓園，阿貝托打開他熟悉的墓園柵門。柵門吱嘎作響。

「她在這兒。」阿貝托悄聲說。他領著迪多到前柵門附近的一座

小墳。「我不知道她的名字和出生年月，只能盡力而為。」

有好幾分鐘，迪多望著灰色的墓碑，眼光掃視著刻在碑上的字樣。「上面刻了什麼字？」他最後才開口問阿貝托。

波尼朵小姐
長眠於此
離世時孤單一人
從今而後不再孤獨

「她離世時不是孤單一人。」迪多說：「我就在那裡陪她，一直都在。」

阿貝托的心思飛回恩佐將波尼朵小姐送到工作坊的那一夜，恩佐

提到他太太曾說床單還溫溫的。阿貝托不相信她的話，但現在他明白了那是真的。床單是因為迪多在才溫溫的，他一定曾躺在媽媽身邊。恩佐和桑多斯將波尼朵小姐帶走的時候，迪多跟在他們後面，後來才會出現在阿貝托家。

「她的名字是安妮塔。」迪多說：「但是她的媽媽都叫她安妮。」

「她的媽媽？」阿貝托瞪大眼睛。「迪多，你還有其他家人嗎？祖父母還在嗎？」

迪多搖頭。「他們都死了。爸爸是我唯一的家人。」

為了讓迪多獨處一會兒，阿貝托前去探望四座對他而言最特別的墓。他的家人埋在墓園深處，雖然他每週至少參加兩場葬禮，但已經很久沒探望自己的家人了。

抵達家人的墓地之後，阿貝托跪在墓前，輪流向每個人說話。

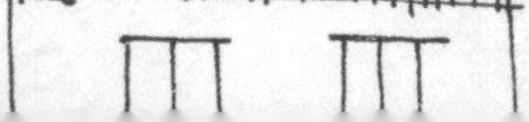

「啊，小愛伊達。」他向埋著最小一副棺材的墓地說話。「我照妳說的，每天都把剩飯剩菜給流浪貓吃。還有我的小安東尼奧。」他轉向相鄰的墳墓。「你的東西，迪多都很珍惜使用。還有安娜瑪麗，我每天晚上都會刷牙，呃，幾乎每個晚上。妳說的沒錯，這樣牙齒看起來比較不會綠綠的。」

阿貝托的眼光落在最後一座墓上。一讀到墓碑上刻的字，他的眼眶開始泛淚。「啊，薇蕾塔，親愛的薇蕾塔，我該跟妳說什麼？我們一直想再生一個孩子，現在我找到了。他的名字叫迪多，是個人小鬼大的孩子。要是妳還在，保證會為了他忙得團團轉。」

阿貝托和家人待在一起，直到鐘塔敲響下一個小時。他親吻每個墓碑道別，然後去接迪多。

阿貝托聽到謠言

謠言是在迪多和阿貝托從墓園回來兩天後傳開的，阿貝托起初是從克萊拉那裡聽來的。那天晚上，他在工作坊裡清潔工具，聽到兩姊妹在圍籬旁嘰喳閒聊。他通常不理會她們，但是當他聽到眾多字眼裡冒出「波尼朵」和「小孩」兩個詞，就認真聆聽起來。

「是真的。」克萊拉說。阿貝托看不到她，但他想像得出她聽到精采八卦時熱切點頭的樣子。「波尼朵小姐有小孩。」

*噢不！*阿貝托心想。*一定有人看到他和迪多去墓園了。*

「怎麼樣的小孩？」羅莎問。

「小小的，像一個縮小的人。」

「是怎麼樣的小孩，克萊拉？」

「我敢說，一定很小。」

「不，妳誤會了。我是問，男孩還是女孩？」

「噢。我想是男孩，叫做尼多或培多或席多或……迪多。就是這名字！」她大喊一聲，阿貝托很擔心迪多會聽見。「迪多．波尼朵。」

兩姊妹大笑起來。

「好蠢的名字。」羅莎說。

站在工作坊裡的阿貝托臉色一沉。

「那他在哪？」兩姊妹止住笑聲之後，羅莎問：「這個迪多．波尼朵人在哪？該不會也死了吧，會嗎？或許我們該問問阿貝托。」

一聽她提到自己的名字，阿貝托將頭縮回來。兩姊妹都沒有出聲呼喚，於是他再次在夜空下探出頭。

「不對，不對。他沒死。問題就在這裡，最神祕的一件事……」克萊拉停頓了一下，製造效果。結果她停頓了太久，什麼效果都沒達到，只讓羅莎覺得煩躁。

「所以？」她不耐煩的問：「什麼很神祕？」

「最神祕的是……沒人知道他在哪裡。」

「那妳怎麼知道到底有沒有這個小孩？」

「因為，我知道，」克萊拉的語氣輕快：「他爸爸來找他了。他來亞羅拉鎮找小孩。他的小孩。他來帶迪多．波尼朵回家。」

阿貝托．卡維洛從來不愛聽人說長道短，但他這下全神貫注，一字不漏全都聽進耳裡。不過他沒辦法判定哪些是真，哪些是假。

很明顯的，克萊拉非常肯定：「波尼朵先生已經找了兩年。他的妻子某天晚上帶著小孩離家，趁他在工作……」

「工作？」羅莎打岔。「他做什麼工作？」

「全波薩諾地區的卡賓槍衛兵隊隊長。」

「噢！」羅莎說：「那他的權力幾乎跟鎮長一樣大。」

「後來他循著鐵路向南找人。」克萊繼續轉述她得知的傳聞：「到每個火車站都下車，找被帶走的兒子。」

「離開這樣的男人，她一定是瘋了。」羅莎補上一句。

「他就是這麼說的。說她神智不清，一直編故事說有人想傷害她。」

隔天晚上，阿貝托將耳朵緊貼圍籬，比兩姊妹平常將耳朵貼在他家園籬上還用力，聽說了波尼朵先生抵達亞羅拉鎮當晚發生的事。

「他來找一位波尼朵太太和她的兒子，一來就直接去見鎮長。就是鎮長告訴他波尼朵小姐的事，說他們送來她的遺體時他就在現場。不過鎮長向那個男人保證，說波尼朵小姐沒有小孩。」

「那他怎麼知道我們這位波尼朵小姐，就是他的波尼朵太太？」羅莎問。

「唔，一開始他不覺得是。但是他要鎮長形容波尼朵小姐的樣子，然後就說那是他要找的人。」

「他兒子呢？」

「他本來以為小孩死了，但是後來他去了小屋，發現一堆毯子和一碗燉菜。原來小孩這幾個月來一直……」

「吱啾！」

阿貝托跳起來，轉身去看。後門開了，迪多正探出頭來，腋下夾著一大本紅色封面的故事書。

迪多還來不及開口，阿貝托就匆忙走進屋內，關上門。

「你在做什麼?」迪多問。

「噢，沒什麼。」阿貝托輕聲回答。他檢查後門，確認門已經鎖上。「只是在修剪花草。」

「快來。」迪多拉住阿貝托的手。「念故事的時間到了。」

聽了這麼多謠言，阿貝托根本沒有心情念故事，但是迪多的表情讓他不忍心拒絕。所以讓迪多安穩窩進被子裡，關緊所有的百葉窗之後，他還是翻開大本紅色故事書，繼續為迪多和菲亞念伊索拉的故事。

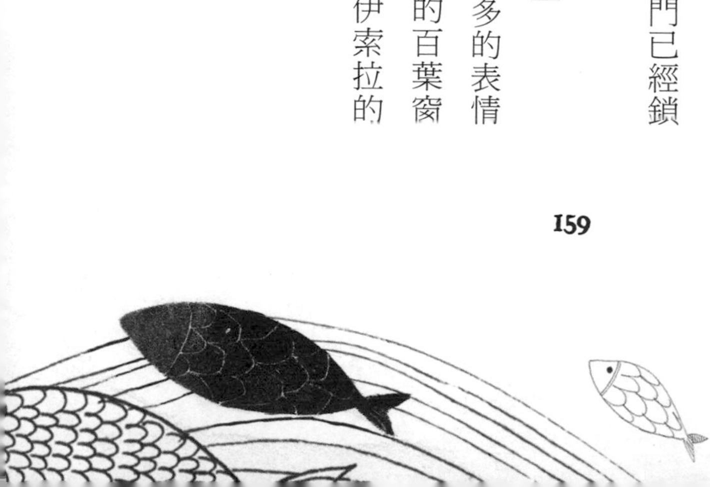

一群人帶著吉歐的地圖抵達了伊索拉山，他們的表情僵硬，憤怒不已。

「他說謊！」他們大喊。

「果然不可能是真的！」他們大叫。

因為他們眼前的山看起來很平常，一點都不神奇。就跟其他的山一模一樣：綠綠的，很普通，平凡無奇。

就在他們準備轉頭離去的當下，其中一個人想起探險家吉歐說過的話。

「就像鑰匙必須放進鎖裡才能轉動，我們必須爬上山頂才能看到它的神奇魔力。」

於是，他們沒有回頭，而是向山上前進。他們爬上山，經過樹幹是一般木頭的樹，只長了普通花瓣的花朵，以及滿是青草的草地，最

後抵達山峰。

「看到了嗎？」他們說。伊索拉在他們眼前展露真正的神奇魔力。

「他說的是真的。」他們異口同聲大喊。

一群人只看了幾秒鐘，就開始將伊索拉的神奇寶物據為己有。他們在口袋裡裝滿巧克力做的石頭，在裝果醬的罐子裡堆滿珍珠做的雪花，在還未點燃的油燈裡放進永不熄滅的火苗。接著他們朝空中拋出繩索，將會飛的馬拉到地面，在帽子裡塞滿會跳舞的魚，從池塘裡抓走會游泳的鳥。等他們再也載不動了，就將伊索拉的神奇寶物帶到山下的平凡世界。

這群人本來打算守口如瓶，不向任何人洩露發現寶物的事。但是其中一個人喝醉時告訴了妻子，妻子又告訴另一個人，消息很快傳開。伊索拉山是真的，而且只要付一點小錢，就能把山上的神奇寶物帶回家：

紅寶石花值五枚金幣。

巧克力球值三枚。

如果你願意付十枚金幣加三枚銀幣，就能買到光芒滿盈、永不熄滅的油燈。

但有一樣東西在街上買不到，因為已經在拍賣中由出價最高的買家以三千枚金幣買下。

一位北方的鎮長買下了前往伊索拉山的地圖，但奇怪的是，這位鎮長並不打算自己前往伊索拉山。他命令一批抄寫員根據買來的地圖抄製出一萬份複本。然後他派人將地圖複本帶到各地，將一萬份全部賣出。他不用踏上伊索拉山，就成了全世界最富有的人。

但是地圖的數量並沒有就此維持不變。因為向鎮長買了地圖的男男女女各自回去抄製，不用多久，在吉歐過完三十三歲生日的五個月後，全世界每家每戶都看過前往伊索拉的地圖。

迪多學認字

謠言傳開之後，阿貝托更加謹慎小心，盡量讓迪多待在屋裡。他不想讓男孩擔心，沒有說出從兩姊妹那裡聽來的話。他認為在迪多發現之前，波尼朵先生就會放棄繼續找人並離開亞羅拉。

幸運的是，阿貝托不用擔心迪多待在屋裡沒事可做。那陣子，他剛開始教迪多認字。阿貝托從沒看過任何人這麼熱中學習，迪多就像在陸地上躺了十年的海綿終於被拋回大海，盡情吸收所有知識。

阿貝托給迪多一本舊的字母書，是他五十年前自學認字時用的。

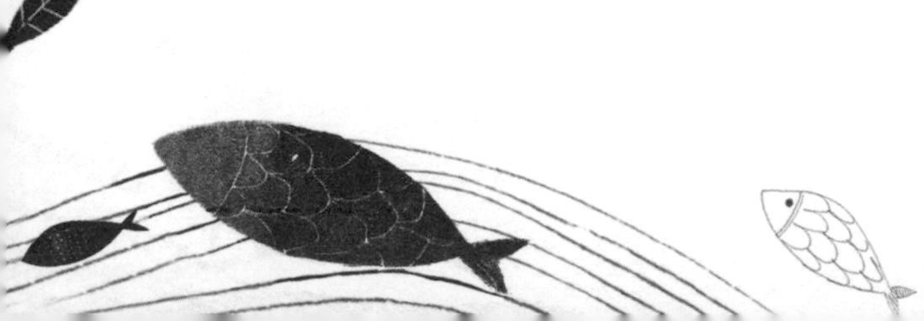

迪多第一天就從字母A學到F。進度這麼快，迪多興奮得不得了，凌晨三點鐘才睡著，六點鐘就起來繼續學字母G。

迪多忙著學字母，沒時間聽故事，就連伊索拉的故事也先放著。他現在每天晚上都在床上背誦字母，在一旁聆聽的菲亞很引以為傲。

迪多溫習字母的時候，阿貝托會下樓繼續製作自己的棺材。有一天晚上，在將一段白楊木刻成把手時，他忽然停下。

他兩手拿著白楊木翻來轉去，輕輕撫摸。當老邁的手指停下時，他不再只看到棺材把手，而是只要稍微加工就可能非常不一樣的東西。

早上七點一刻，響亮的喊聲吵醒阿貝托。

「菲亞，妳看！」迪多在房間裡對著走廊另一頭大喊。「是船，一艘真正的木船。給我坐太小了，但是給妳坐剛剛好。」

阿貝托聽到走廊上傳來腳步聲。過了一會兒，一隻小手在他的臥房門上不好意思的敲了幾下。

「阿貝托？」迪多悄悄問：「我能進來嗎？」

「請進。」阿貝托在床上坐起來，迎面就看到迪多和菲亞衝進房間。

「你看！」迪多說，跑到老棺材匠面前。「你看我在床腳找到什麼。」他拿出一艘木頭小船，聞起來還有新鮮鋸木屑的味道。「是你做的嗎？」他問。

阿貝托睡眼惺忪的點頭。他整晚沒睡，用木頭刻好小船之後，還在桅杆上裝了一塊布當船帆。

「是送我的嗎？」迪多提心吊膽的問，深怕小船一下子就被收走。

「當然是送你的。」

「我從來都沒有自己的玩具。」迪多低頭看著小船，再抬頭望著阿貝托。「我該拿它做什麼？」

「呃，拿來玩啊。」

「那我不玩的時候，要收在哪裡呢？」

「你想收在哪裡都可以。」

「那……那……」迪多又冒出一個問題。「它會浮在水上嗎？」他終於開口。

「呃，我不知道。要試試看嗎？」

*

那天晚上阿貝托回到工作坊，將自己的棺材推到一旁，做了一列拉著五節車廂的木頭火車。隔天晚上，他做了一組空心迷你鳥，每隻都可以再放進另一隻裡面。他很快就幫迪多做了好多玩具，得再做一個大櫃子才放得下。

阿貝托晚上幫迪多做玩具，白天陪他玩。他們在廚房裡玩彈珠，在工作坊裡玩瞎子摸人，在整棟屋子裡捉迷藏。他們怕被隔壁的兩姊妹聽到，所以玩的時候幾乎不曾發出聲音，但即使保持安靜，日子還是充滿歡樂。三十年來，亞羅拉山丘頂的屋子第一次恢復從前的熱鬧明亮。

阿貝托的承諾

雖然能讓迪多大部分時間待在屋裡，但阿貝托沒辦法不讓迪多去探望母親。所以到了天空中只有月亮高掛的深夜時分，他們就會偷偷前往山丘頂上的墓園。

迪多探望母親的墳墓時，阿貝托會走到埋著家人的四座墳。有時候迪多一待就是好幾個小時，把悶了數天的話在一夜裡全都低聲說出口。阿貝托不知道他在喃喃低語什麼，雖然很好奇，但從不開口探問。那是迪多只講給媽媽聽的悄悄話。

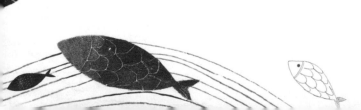

有一天夜裡，迪多在墓前講了太久，直到鐘塔的鐘聲響起，迎來新的早晨。阿貝托不得不破例走過去打斷他。但在他們離開之前，有其他人來到墓園。

「迪多，快躲起來。」阿貝托悄悄說。但他其實不需要開口，迪多只瞄了靠近的男人一眼，就立刻跳到一塊墓碑後面，躲得不見人影。

阿貝托看著男人朝他走近。天色依然昏暗，他看不太清楚。對方身材高大、膚色黝黑，走路時邁著大步。

「您好。」在男人離得很近，再也不能當做沒看到時，阿貝托開口。

陌生人嚇了一跳，立刻將手伸入口袋。手槍槍柄露了出來，在月光下閃著白光。

「這時間來拜訪墓園還真奇怪。」帶槍的男人說。

「話是這麼說，」阿貝托回答，聲音忍不住發抖，「但你跟我都來了。」

膚色黝黑的陌生人向前走近，看清阿貝托的樣子之後，才鬆開握著槍柄的手。「有道理。你是墓園的管理員嗎？」

「某方面來說算是吧。我是棺材匠。」

男人的眼中閃過一絲好奇。「那你或許幫得上忙。我在找一個人，我太太，她埋在墓園裡的某個地方。她姓波尼朵。」

「噢，你就在她的墓旁。」阿貝托指著他們跟前的墳墓。他本來就懷疑這個男人是迪多的父親，因為他們的臉型很相似。現在他可以確定了。

「原來就在這裡。」波尼朵先生說。他的眼神掃過墓碑，落在從冬季草地上探出頭的白色小東西。「那是什麼？」

「是花。」阿貝托說。

波尼朵先生撿起小花，一下折斷纖細的莖梗。花梗的汁液像晨露一般緩緩滴落。「剛剛放上的鮮花。」

「是啊。」為了遮住迪多躲藏的墓碑，阿貝托朝左邊挪動身體。

「是我剛剛放的。」

「你？」波尼朵先生的眼神先是訝異，接著變成懷疑。「你為什麼要……」他向前一步，龐大的身影籠罩老棺材匠。「在我太太的墳上放花？」

「因為我認識她。」阿貝托回答，只微微的倒抽一口氣。

波尼朵先生挑高眉毛。「噢，這樣啊？你怎麼會認識我太太？」

「她的棺材是我做的。我說過了，我是棺材匠。」

「嗯。」波尼朵先生心中的懷疑減了幾分，但還沒完全消除。「你

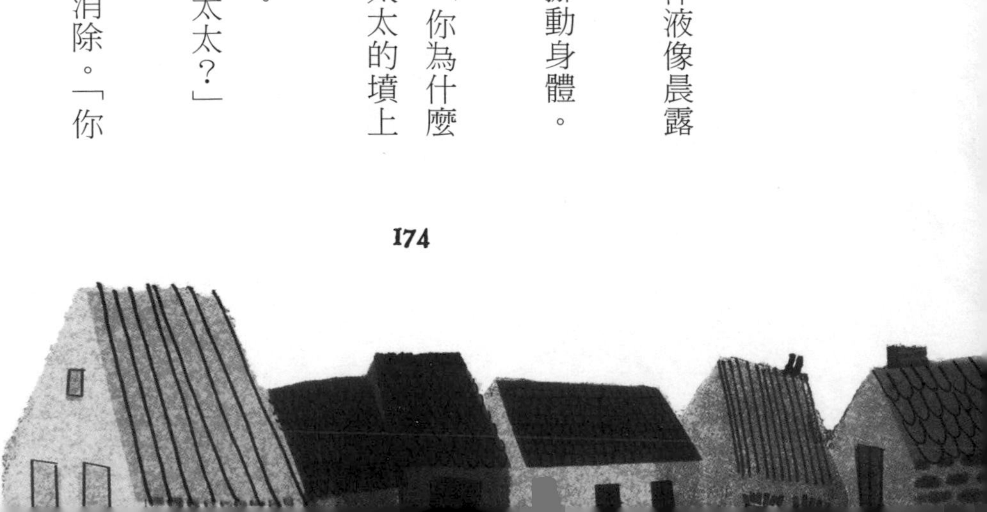

在每副自己做的棺材上都放花嗎？」

「呃，當然不會。我家花園沒那麼多花。」

「那為什麼要在我太太的墳上放花？」

「因為沒有其他人會放了。」

「何必這麼做？」前一刻還相當客氣的波尼朵先生，這一刻忽然大聲咆哮，吼聲像鞭打聲般在空氣中炸裂開來。「她以為可以把他從我身邊帶走，想都別想。聽好了，兒子就該跟著爸爸。兒子是我的，我會找到他。所以她應該受到懲罰，死亡就是她受的詛咒，不管誰幫過她，都該受同樣的詛咒。」盛怒之下，他的嘴角像暴風雨後翻湧的海面泡沫。

「波尼朵先生，」阿貝托冷靜的說：「每個人都會受到死亡的詛咒。就連你也不例外。」

「哼——」波尼朵先生的語氣變得和晚冬的空氣一樣冰冷。「什麼都別想留給她。」他踢開地面上折斷的花朵。「放什麼花，她才不配。而且我敢說，還有一隻小手等不及要來留下另一朵花。」

「如果你是在說你兒子，我想不太可能。波尼朵小姐在這座城鎮住了超過一年，沒人看見什麼孩子，一次都沒有。」

「但是我知道他來過這裡。」波尼朵先生說：「我找到他的東西，而且她不管去哪裡，一定會帶著孩子。」

「但也許他已經不在了。前一陣子，天氣糟透了，冷到連大海都幾乎結凍。我想小孩子自己一個人生活很難熬過去。」

「噢，可是誰說他自己一個人生活？」

阿貝托皺起眉頭。「什麼意思？如果沒人看過那孩子，就表示沒人幫助他。」

「沒人承認他們看過孩子。這是兩件完全不同的事。」

「對，呃，也有可能。」阿貝托表示認同。如果否認，反而會顯得可疑。

「非常有可能。」波尼朵先生說。他望向海面一會兒，好像在思索，接著轉回頭看著阿貝托。「你說對了。」他說：「一定有人在幫助他。」

「呃，你沒辦法確定……」

「我當然可以。」波尼朵先生語氣兇狠：「有那碗燉菜，而且屋裡沒有其他一樣的碗。」他眼中閃著勝利的光芒。「我在等孩子回小屋。但是如果有人幫他，大家就等著瞧。」

波尼朵先生沒有再和阿貝托多說什麼，轉身邁開大步走向墓園柵門，一路踩踏過好幾個墓碑。

阿貝托目送波尼朵先生離開。對方的身影在視線消失許久後，他才朝身後的墓碑彎下腰低聲問：「迪多，你還在嗎？」

男孩慢慢站起來。墓碑很高大，男孩仍在碑下的陰影裡。

「他看到我了嗎？」迪多低聲問。

「我想沒有。」

迪多放鬆下來，但是語氣仍然無比擔憂。「我沒有說謊，是真的。他傷害過媽媽，還做了那些壞事。我發誓。」

聽到迪多聲音中充滿絕望，菲亞從他的外套裡探出頭來（牠現在長大了，口袋裡已經躲不下），溫柔的頂了頂他的下巴。

「我知道，迪多。」阿貝托說：「我相信你。」

「拜託你，不要讓他帶走我。」

「我會努力，迪多。」

「努力不夠。媽媽每次都很努力，但是我們每次都被他抓到。你必須說到做到。」

阿貝托不是那種說得到做不到的人，但他更不想讓迪多擔心。所以，雖然憂心，他還是開口承諾：「我說到做到，迪多。好了，到這裡來吧。你不用一直躲在墓碑後面。」

棺材匠水手

迪多自從知道父親來了，就一點都不想離開阿貝托家。在迪多眼中，連花園都變成危險的禁地。冬去春來，他一直待在屋裡，困住他的不是鎖鑰，而是恐懼——他害怕父親會找到他，將他帶回很遠的地方。

季節更迭，波尼朵先生一直待在亞羅拉。那次與阿貝托談話之後，他不再回波尼朵小姐的小屋等迪多，而是等著有人將孩子送上門。他先是懸賞二十枚金幣，再增加到五十枚，接著又增加到一百枚。阿貝托從沒看過這麼大筆金額，就連鎮長的棺材也沒那麼多錢，但是阿貝托完全不受引誘。

阿貝托盡力讓迪多有事可做。他繼續教迪多認字，很快迪多就能自己讀懂完整的字詞。阿貝托的舊字母書被擱在一旁，換上適合的故事書。但不用多久，迪多就學會許多很難記住的生字，像是「薑餅」、「石榴」和「大黃蜂」。

迪多讀愈多書，好奇心也變得愈強。他對任何事物都有興趣。阿貝托沒辦法幫迪多註冊上學，只好在家教他。他將自己知道的一切都傳授給迪多，不只關於木材和製作棺材的知識，還有歷史、地理和數學。他甚至教迪多做菜。但是無論老棺材匠教得再多，男孩提出的問題總是多到難以招架。

迪多不能走出門外，而阿貝托每天都出門。早上他會沿亞羅拉的鋪石街道下山，去恩佐店裡買一條新鮮麵包，向克蘿汀夫人買一小袋糖果，然後坐在主廣場等待。

阿貝托不是在等人。他是在等有人——任何人——提到波尼朵三個字。那時獎賞已經增加到一百五十枚金幣，每天都至少有三起假消息宣稱看見迪多．波尼朵。

「我看到有個男孩在爬城牆。」酒館外面有一個男人說：「差點絆到自己的腳。但是波尼朵先生一抵達，他就像鬼魂一樣憑空消失。」

「我聽到一個小孩在山腳海岸的岩石堆旁哭。」一個女人正要走進克蘿汀夫人的糖果店時說：「他抽抽答答的懷念失聯許久的父親，詛咒發瘋的邪惡母親。但是等我走到海邊，小孩就不見了，整個人被捲進大海裡。」

「是真的。他被大海帶走了。」傻子漁夫熟睡許久後醒來時說：「我剛剛才看到，在我的夢裡。海浪沖上來捲走他，帶到很遠、很遠的地方。」

聽到這些謊言和想像時，阿貝托總是鬆了一口氣。迪多不可能去爬城牆，太高了；他也不會笨到跑去坐在海邊的岩石堆上。但亞羅拉鎮民竊竊私語傳來傳去的謠言裡，有一件事千真萬確。因此阿貝托非常擔心。

「他開始進屋搜查。」有一天早上，恩佐取來一條新鮮麵包給阿貝托時說：「不是挨家挨戶。但他已經查過山腳下的三戶人家。第一戶據說是因為有人看到小孩從窗口向外張望，第二戶是因為門口放了可疑的童鞋，第三戶是因為有人看到小孩在花園裡跑來跑去，而且從頭、手臂到腿全都瞧見了。鎮長說只要有人通報，波尼朵先生就可以

進去搜索，甚至說要訂定一條相關的新法規。」

為了讓迪多分心，不要一直想起爸爸，阿貝托還是每天晚上念故事給他聽。或者該說，念迪多最愛的那本書——關於伊索拉的大本紅皮故事書。

這時候，他們已經讀到了強盜洗劫伊索拉山，瘋狂的女王宣布伊索拉山只屬於她，還有好心的農夫在伊索拉山上辛勤工作，畜養整群鑽石綿羊。最後，好幾個月之後，他們終於讀到故事的最後一章。

在五十又三年之間，男人和女人、女王和國王、農夫和強盜，全都在名為伊索拉的山上留下痕跡。但都是不好的痕跡。本來用來偷渡巧克力和珍珠的容器，從口袋變成木桶，再變成推車和馬車。伊索拉山開始死去。紅寶石化為塵土，永不熄滅的火苗化為飛灰，落在地上的雪花不再是珍珠，而是冰霜。

但不只如此。因為你要知道，伊索拉山的特別是大家意想不到的。她具有一種神奇魔力，看不到也偷不走，這股神奇魔力就是——伊索拉山是活的。她和你我一樣會思考，她有感覺，也會作夢。當她感覺到人來人往踐踏她的身體，將寶物從她的皮膚上撕扯下來，她開始哭泣。

山無比龐大，比我們大多了，所以當她的眼淚落在地上，形成的不是水窪，而是掩蓋陸地的整片大海。伊索拉山啜泣時，湧起的海浪將她包圍，山上的人還來不及逃跑就淹死了。一天之內，伊索拉山變成了伊索拉島。

伊索拉的淚水和島一樣具有魔力。她可以馴服和控制淚海，也可

以隨心所欲移動整片淚海。她憤怒的時候，會讓淚海好幾天、好幾週、好幾個月，甚至好幾年都波濤洶湧。由於再也沒有人能踐踏山上的土地，所有被偷走的寶物都長了回來。

但伊索拉就像所有生命一樣，她好疲累，必須睡一覺。淚海在她睡著時也平靜下來，如果你膽子夠大、動作夠快，就可以駕船一路駛往島上，親自踏上那塊神奇的土地。如果你心地善良、正直誠實，伊索拉會讓你留下。她會像母親一樣溫柔照顧你，凶猛的將其他所有人都擋在外面。

「哇！」迪多說。阿貝托將書的最後一頁闔上。「你覺得故事裡說的是真的嗎？」

「有可能。」阿貝托回答。

「我要去那裡。」迪多固執的用力點頭。「有一天，我要當水手，一路開船到伊索拉島。」

「當水手？」阿貝托問：「我以為你要跟我一樣當棺材匠。」

「我不能兩個都當嗎？」

阿貝托笑了。「哈，當然可以。你可以當全世界第一個棺材匠水手。世界上唯一一個，開船到各個城鎮幫忙埋葬過世的人。」

「我會先去伊索拉。你也可以一起來。」迪多提議。

「謝謝你邀請我。」阿貝托說：「但我可能想待在家裡，我太老了，不適合出門冒險。我相信菲亞會很想加入。看牠望著遼闊海面的樣子，牠在海上一定會覺得非常自在。」

「吱啾！」菲亞以至今為止最快活的聲調鳴叫。

「也許你們可以帶禮物回來給我。一隻會飛的馬怎麼樣？也許帶

一隻鑽石綿羊？還是，我知道了，一朵紅寶石花？」

「沒問題。」迪多說：「我會帶兩朵給你。」

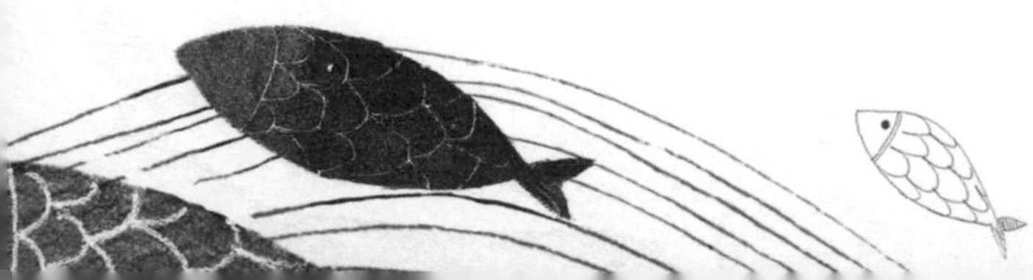

鎮長跌了一跤

一天早上，迪多和阿貝托正在吃早餐，前門忽然響起敲門聲。迪多早就習慣在有人敲門時跑開，他帶著菲亞衝回自己樓上的房間。阿貝托等到樓上的門喀一聲關上，才打開樓下的門。

「阿貝托師傅呀。」門另一側的男人說。

「早安，鎮長先生。有什麼事嗎？」鎮長上次來訪已經是很久以前的事。

「我只是來檢查一下我的棺材。」他連音量都懶得降低。費娜絲

特拉姊妹大力宣傳之後，他預訂棺材的事早已不是祕密。「我能進去嗎？」

「當然。」阿貝托退到一邊，讓鎮長進到屋內。只差一點就會卡住，阿貝托擔心如果鎮長的體型再變大，可能會需要一副新的棺材。

「我們的進度很不錯。」

「我們？」鎮長問。

「對。你和我。」阿貝托立刻改口。「我想我們是很棒的團隊。」

「說的對極了。」鎮長輕笑一聲。「那麼請你帶路吧，阿貝托師傅。去看看我那豪華的棺材。」

難得鎮長很滿意阿貝托的進度，儘管棺材框是木頭做的，還是忍不住稱讚起棺材匠的速度和手藝。

「特別是那些小天使。」他說，指著棺材底座附近的雕刻。「阿貝托師傅，你的技術真是高明。」

「謝謝您。」阿貝托說，心想待會要好好稱讚迪多。

「好，我差不多該走了。可不想耽誤你的工作。不過，就如我先前說的，一點都不急。」鎮長踏進走廊。「一點都不——」

響亮的碰撞聲傳遍整條走廊，整棟屋子震動了一下，就像有艘船破門而入。

「鎮長，您還好吧？」阿貝托趕到鎮長身旁喊道。

「還好，還好。我沒事。」鎮長像四腳朝天的烏龜一樣前後晃動。「只是需要幫點小忙才站得起來。」

「沒問題。來，讓我幫忙。」阿貝托伸出手，將這位「大」人物拽拉起身。

「謝謝你，阿貝托師傅。」他尷尬的笑了一下。「一定是絆到自己的腳——等等，那是什麼？」

鎮長不是絆到自己的腳。他絆到走廊上的一艘木頭小船。

他們直到當天深夜才上門。迪多和阿貝托已經睡熟了。聽見敲門聲時，他們飛快睜開眼，匆匆跑向走廊。兩人在走廊中間碰面，都還戴著睡帽。

「是誰？」迪多悄悄問，他嚇得臉上睡意全消。他在阿貝托家住了一段時間，很清楚死亡來到時的敲門聲。死亡的敲門聲很哀傷、壓抑，如果是在夜裡，還會帶著一絲歉意。這次的敲門聲不一樣。很急促、堅持而且憤怒。連鎮長都不會這樣敲門。

「我不確定。」阿貝托偷偷潛回自己房間，靠到窗戶旁。他悄無

聲息的打開一扇百葉窗向外窺探。天空一片漆黑，但是街道上亮晃晃的。

「天啊！」阿貝托說。四個男人湊在樓下。鎮長站在後面，波尼朵先生站在前面。他看不出來站在中間的兩個人是誰。

「怎麼了？」迪多踮起腳尖，也想朝外偷看。阿貝托在他看到之前關上百葉窗。

「他們是來找你的。」阿貝托說。

「我們怎麼辦？」

「得把你藏起來，迪多。」

「就像在玩遊戲嗎？」

「就像玩遊戲。」

「但是藏在哪裡？」迪多問。

阿貝托想像屋裡的每個角落——每座壁爐、每個櫥櫃，以及每張床鋪。但是都行不通，波尼朵先生一定都會檢查。他得再想一個地方，其他人絕不會想到要檢查的地方。他的眼睛一亮。

「跟我來，迪多。快！」

阿貝托、迪多和菲亞躡手躡腳下樓，悄悄走進工作坊。裡頭橫放著兩副還未完成的棺材。阿貝托不能讓迪多躲進鎮長的棺材裡——如果棺材是蓋上的，鎮長一定會起疑。所以他讓迪多爬進另一副棺材。

「迪多，快。到裡面去，帶著菲亞。別讓牠發出聲音，你辦得到嗎？」

迪多簡短有力點一下頭，爬上工作台，然後爬進棺材匠為自己做的棺材。

「別怕。」阿貝托說，然後拉上蓋子。一道長長的陰影像落日一

般，罩住迪多小小的身體。「我會回來的，我答應你。」

阿貝托將棺材蓋上，用釘子封了起來。

「抱歉，讓你們久等。」阿貝托終於打開門之後說：「我忙著製作棺材。」

「穿著睡衣？」波尼朵先生問。

「呃，對，半夜睡不著。」

「我們聽到釘東西的聲音。」其中一個男人說。

阿貝托認出對方的聲音，目光搜尋面前被陰影遮住的臉龐。他驚訝的發現竟是從小就認識的老友恩佐，旁邊站著他的學徒桑多斯。

「剛剛才將一副封起來。」他的語氣沉重。「那麼……」他回頭轉向波尼朵先生。「我能幫您什麼忙嗎？有人過世了？」

「當然沒有。」波尼朵先生說：「我們來，是為了那件玩具。」

「噢，」阿貝托說：「那沒什麼，是誤會了吧。」

「是你誤會我，做棺材的。」波尼朵先生說：「我不是來聽你講話的，我是來你家搜查我被拐走的兒子。所以，閃到一邊去，不然讓這兩個人把你架住。」

「沒問題。」阿貝托退開一步，讓四個人進屋。

「真是抱歉。」恩佐經過他面前時低聲說：「我和桑多斯正準備打烊，鎮長進店裡好說歹說，威脅我們如果不跟來，就要讓麵包店永久停業。」

他們首先搜查廚房。一切看起來井然有序，但是他們轉身要離開時，波尼朵先生瞥見水槽旁放著兩個晾乾的碗。

「等一下。」他停下腳步說：「我認得這碗的圖案。」他拿起一個

碗，湊近面前。「和我在小屋裡發現的碗一模一樣。」

波尼朵先生眼中閃耀勝利的光輝。阿貝托心想一切都完了，但是他的老朋友開口了。

「咦，我也認得這種碗。」恩佐撒謊。「我也有一組一樣的。您呢，鎮長先生？」

「當然沒有！這麼普通的碗太不適合我了。我家的碗都是從法國訂購的。」

「是啊，是啊。真的很普通。」恩佐說：「唉，就算全鎮有一半的人家用這種碗，也沒什麼好驚訝的。」

波尼朵先生挫敗的咒罵幾聲。他大力將碗摔回水槽，碗碎成二十片。接著他轉頭走向樓梯，上樓進到阿貝托的房間。

阿貝托覺得他們不會在自己房間裡發現迪多的蹤跡，但接著就看

到迪多的睡帽落在地板上。一定是在迪多想向窗外窺看時掉的。想到自己的睡帽還在頭上，他驚恐萬分。

「啊，」恩佐說：「我也一樣，會在房間裡多放一頂睡帽備用。」他趕在其他人注意到這頂睡帽小了一號之前，撿起放進阿貝托手裡。

「我想這裡一切都沒問題。」鎮長機伶的點點頭說：「該去下一個房間了嗎？」

四個男人率先走向迪多的房間，跟在後面的阿貝托因為害怕而放慢腳步。雖然他及時把迪多藏起來，但沒時間藏起任何男孩的東西。

迪多的房間聞起來有牛奶和巧克力的味道。床鋪上的床單凌亂，地板上散落著玩具，壁爐裡全是灰燼。

「才剛結束的冬天真的很冷，」恩佐說，朝爐灰點了點頭。「我們家也是點起屋裡每座壁爐，連關起來不用的房間也不例外。」

「那這些玩具還有油燈是怎麼回事？」波尼朵先生惡狠狠質問。他開始懷疑來幫忙搜查的人根本是在幫倒忙。「地板上都是玩具，床邊的油燈也亮著，你還有什麼藉口？」

恩佐轉著腦筋想說些什麼騙過對方，但他想不出來。波尼朵先生轉向阿貝托。

「這一切怎麼解釋？有什麼特別的客人住在你家嗎？還是有不會害人的鬼小孩住在這個房間？」

「我，呃……」阿貝托絞盡腦汁想編個謊。絕望之下，字句從他嘴裡蹦了出來。快得連他自己等話出口了才知道自己在說什麼。「我以前有個兒子，波尼朵先生，跟你一樣。只是我不用到處找他。因為他很多年前就死了，我知道，因為他的棺材是我親手做的。」

波尼朵先生忍住呵欠。他可不是來聽老頭子講古的。

「最近這陣子，」不等波尼朵先生打岔，阿貝托接著說：「你來到鎮上，關於你兒子的傳聞又牽動了我心中的舊傷：過去三十年我一直包紮著的舊傷。三十年來，我從不打開這扇門，可是最近湧出的念頭和回憶，讓我再次將門打開。唉，有些夜晚，說來實在羞愧，我想像他們仍然和我一起。安東尼奧，就在這裡玩他的玩具。」阿貝托朝散落地板的木頭火車點點頭。「愛伊達，在玩著她的娃娃。」他朝迪多幾乎不曾碰過的櫥櫃裡的娃娃點點頭。「還有安娜瑪麗在讀著故事書。」他向迪多床邊翻開的書點頭，是伊索拉的書。

「很不好意思承認，我在家裡四處都放了他們的東西。這樣一來，當我累了走進某個房間，就會忽然開心起來，因為疲累讓我忘了過去，以為他們還活著。搗蛋鬼安東尼奧、聰明伶俐的安娜瑪麗，以及小寶貝愛伊達，他們只是離開房間，如果我走上樓，就會發現他們

都在床上安睡。」

房間裡陷入沉默。三個男人站著不動、低下頭去，只有波尼朵先生一個人還高高抬著頭。他的目光掃遍房間，想找出什麼跡象，證明住在房間裡的是他兒子，不是別人兒子的鬼魂。但是他什麼都沒找到。

「走！」波尼朵先生粗聲說：「還沒搜過工作坊。」

阿貝托拖著如灌了鉛般沉重的雙腿，跟在波尼朵先生、恩佐、桑多斯和鎮長後面下樓。到了工作坊，波尼朵先生開始翻阿貝托的東西。他將阿貝托的工具全都扔到一旁，踢開成堆木材，還朝鎮長的棺材裡窺看。接著，他的視線落在另一副剛剛釘上蓋子封起來的棺材。

「安伯托．羅曼諾師傅。」阿貝托說，朝自己的棺材點了點頭。

「白楊木。長七十一吋，寬二十五吋。」

雖然恩佐和桑多斯兩週前才親眼看著羅曼諾師傅的棺材——楓木，長七十六吋，寬十八吋——下葬，但兩個人一句話都沒說。幸好鎮長根本懶得參加葬禮，所以完全聽不出阿貝托在撒謊。

「哼，過去。」波尼朵先生朝棺材點了點頭。「打開。」

「可是……」阿貝托努力想再撒一個謊。他這一晚撒的謊，比這輩子所有的謊加起來還多。「我不能打開。」他終於說。

波尼朵先生走近阿貝托，將手伸向放槍的口袋。「不能還是不想？」他輕聲說。

阿貝托嚥了口口水，望向恩佐求援。但是麵包師傅看起來跟他一樣茫然。

「聽我說……」阿貝托說：「不能打開，因為……因為……」

波尼朵先生失去僅有的一點點耐心。他從阿貝托身邊踏開一步，伸手去拿槌子，準備自己動手。但正當他要撬出第一根釘子，阿貝托想到了可能有用的藉口。

「不能打開。我不確定羅曼諾師傅是怎麼死的，但是要封住棺材之前，我注意到他身上有斑點。紫色的，就在他耳後。」

在工作坊另一頭，鎮長的臉色發白。

「出去！」他說，同時已經轉身走向門口。「出去！」他大喊，腳下不小心絆到波尼朵先生扔在地上的鋸子。「所有人都出去！」

「冷靜下來，鎮長。」波尼朵先生大吼：「叫他打開棺材！」

「你瘋了嗎？」鎮長怒喝。他移動雙腳拖動龐大的身軀，朝門口再走了一步。「不能打開棺材！我們會被傳染，沒幾天就會死掉。」

波尼朵先生一臉想反駁的樣子，但是鎮長馬上下令威嚇：「我命令你立刻離開這棟屋子，不然我就把你關起來坐二十三年牢。」於是波尼朵先生決定走為上策。他最後一次掃視工作坊，眼光停留在阿貝托和他身後封起的棺材，然後心不甘情不願的跟著鎮長走到走廊。

阿貝托送他們出了前門。等到四個人的身影在下坡的街道中消失，他才回到工作坊。

「迪多？」他悄悄說：「沒事了。」

他拿起槌子，開始撬開自己的棺材。

比屋子還值錢的棺材

阿貝托的屋子裡可能還算安全，但外頭比從前更危險了。費娜絲特拉姊妹一發現可能的八卦題材，就像獵捕老鼠的鷹隼。她們沒有錯過阿貝托家門口亮起的燈火，隔天早上，她們編出來的故事就傳得全鎮皆知。

「他們認為失蹤的孩子在棺材匠家，是真的。」兩姊妹每天都會去買麵包，克萊拉這麼告訴恩佐。「但是阿貝托否認了，他只是假裝自己的孩子還活著。」

「至少他是這麼說的。」羅莎點點頭，似乎全都知情。

「我現在確定妳們說的都不是真的了。」恩佐遞給羅莎全店裡能找到放最久最硬的麵包時說：「畢竟沒找到孩子，不是嗎？」

「他們沒找到孩子，不表示孩子不在那裡。」

「嗯，我在現場。」恩佐說：「屋子裡每一吋都搜查過了，根本沒有什麼孩子的蹤跡。」

恩佐希望自己的話可以終止一切閒言閒語，但是只讓兩姊妹舌根嚼得更響了。不只如此，連恩佐也成了八卦對象。很明顯的，或至少羅莎和克萊拉這麼相信——恩佐幫忙阿貝托窩藏失蹤男孩，等到波尼朵先生將獎賞提高到兩百枚金幣，他們就會交出男孩，然後一人分一百枚。

波尼朵先生重金懸賞的消息一傳十、十傳百，現在觀光客不只蜂擁前來看飛魚，也想找一找被拐走的男孩。謠言沸沸揚揚，小道消息滿天飛，每天登上亞羅拉山丘頂的人潮川流不息。自從將鎮長的黃金橡木運上山之後，還是第一次出現這麼長的行進隊伍。

屋外人群喧鬧不已，迪多根本不敢出門一步。他夜裡不再前往墓園，連花園都不敢去。謠言主角就住在隔壁，簡直像是送上門的禮物，費娜絲特拉姊妹喜出望外，更別說要是她們的猜想成真，還有可能獲得整桶金幣。她們不再將耳朵貼緊圍籬偷聽，乾脆爬上屋頂放眼眺望。有一次，羅莎甚至從屋頂跌下來，在工作坊裡的阿貝托大老遠就聽到碰咚響聲。迪多也聽到了，他像嚇壞的野兔驚跳起來，一溜煙竄到鎮長的巨大棺材後面。

與外在世界完全隔離開來之後，迪多全心全意沉浸在另一個世界——伊索拉的神奇天地，天空中有馬兒飛越，海岸邊有巧克力做的礫石。他將故事重讀了好幾遍，直到書頁都褪色，有幾頁甚至還脫落了。

迪多一章又一章反覆閱讀時，菲亞會停在他的肩頭一起看書。牠有好幾週都不肯離開迪多身旁，彷彿牠也聽到全鎮交頭接耳流傳的謠言，知道迪多現在處境很危險。

迪多花了很多時間讀故事，幾乎沒有空幫阿貝托製作鎮長的棺材。雖然大多數小天使雕像都刻好了，但還要在木頭上鑲嵌珠寶。

當迪多遁逃進想像中的伊索拉世界，阿貝托會在蝴蝶翅膀鑲上一顆又一顆紅寶石，在天使眼眶鑲上一顆又一顆藍寶石，在小天使頭髮鑲上一顆又一顆鑽石。總共有八十個塑像要裝飾，他只將其中八個鑲滿寶石，就發現鎮長的棺材已經比他住的這棟房子更值錢了。

迪多從不抱怨只能待在屋裡，但阿貝托發現他有時會從用布遮住的窗戶角落偷看街道上的孩子們奔跑玩耍。迪多很想念外頭的真實世界，棲息在他肩頭、躁動不安的菲亞也一樣。

迪多失去一個朋友

死亡再次來到阿貝托家門前，但這次伴隨而來的不是敲門聲，而是哭喊，淒厲的哭喊。

「阿貝托師傅！」天色剛亮，一個女人就哭喊起來。「阿貝托師傅！」她再次喊道。

阿貝托睡眼惺忪，走下樓打開前門，是克萊拉·費娜絲特拉。她的喊聲無比響亮，呼出的氣將睡衣吹得不斷翻飛。她一看到棺材匠，就撲到他身上放聲大喊：「求求你，阿貝托師傅。求求你。你一定要來幫忙。是我妹妹，羅莎她好像沒氣了。」

羅莎．費娜絲特拉確實斷氣了。她獨自躺在冰冷的床鋪上，阿貝托找不到一絲生命跡象。

阿貝托將羅莎扛進工作坊之後，城鎮上有一半人家的燈光都亮了起來，伸長朝山頂窺看的腦袋瓜如墨點攢動。天色還太暗，很難看清發生什麼事，但是克萊拉確保所有人都聽得一清二楚。

「妹妹啊！」她跟著阿貝托進屋時大喊。「妹妹啊！」她像報喪女妖一樣哀號。「嗚，我的妹妹啊！」她啜泣。「死了！」她尖喊。「在睡夢中死了！」

講了六十三年的惡毒閒話之後，羅莎．費娜絲特拉小姐自己也成了題材。

「是腸炎。」一個女人早上選購蛋糕時告訴恩佐。「是真的。克萊拉．費娜絲特拉親口跟我說的。說她病了好幾週，在床上滾來滾去，甚至沒辦法起來上廁所。」

「她腦袋深處長了腫瘤。」另一個人說：「這幾年一直長大，她才會蠢話說個沒完。最後腫瘤大到她完全沒辦法思考，就倒在街上死了。」

其中一則謠言流傳最廣。

「是她姊姊下的手。」鎮民在羅莎的棺材——紫檀木，長六十五吋、寬二十九吋——入土時竊竊私語。「為了進到棺材匠家，克萊拉毒死了妹妹，她想自己找出失蹤的男孩，然後獨吞全部的獎金。她最恨什麼都要和妹妹分享。」

儘管謠言滿天飛，沒人聽到克萊拉再說一句話。羅莎去世之後，她變得異常安靜，幾乎足不出戶，就算難得獨自蹣跚下山進城，也依然一語不發。

羅莎過世以後，除了克萊拉陷入沉寂，亞羅拉鎮還有另一股寂靜在蔓延。

「大海靜下來了。」有一天，恩佐告訴每天來買新鮮麵包的阿貝托。

「野獸睡著了。」克蘿汀夫人的語調像在唱歌，阿貝托向她買了一袋要給迪多的巧克力狼。「海水平靜無比，連魚都不跳出來了。」

最後一則消息讓亞羅拉鎮民陷入恐慌。沒有人想得起亞羅拉鎮旁的大海曾有風平浪靜的時候，也不記得海裡的魚哪時不再飛上空，只在水裡游。

「很不正常。」聚在酒館裡的男人低語。

「我們要拿什麼餵飽孩子？」聚在街道上的女人哀嘆。

全亞羅拉鎮只有一個人似乎很高興。

「鮪魚一隻賣一枚銀幣！」傻子漁夫從岩岸衝上來大喊。他十八年來頭一次不是用木桶接魚，而是用釣線捕魚。也是十八年來頭一次，有人願意掏錢買魚。

少了山下不斷拍擊岩岸的浪濤，詭異的沉寂籠罩亞羅拉鎮，只有傻子漁夫叫嚷他又釣到一尾魚的喊聲穿破寂靜。迪多不得不比從前更安靜，菲亞卻愈來愈靜不下來。

在海水沉靜下來的兩天後，菲亞停在迪多的房間，一遍又一遍的尖聲鳴叫：「吱啾！吱啾！吱啾！」迪多試過拿食物和摸拍安撫，想

讓牠靜下來，但菲亞還是不停鳴叫。隔天早上，菲亞在迪多打開百葉窗時，發出嘹亮的叫聲，然後飛了出去。牠先是一飛沖天，再俯衝飛越海面，飛出去好幾個小時。牠回來時，帶了禮物。

「阿貝托，你看！」迪多跑進工作坊裡輕聲喊阿貝托。一尾巨大的鮪魚在他的臂彎裡扭動。

「哇，你抓了隻鮪魚！」阿貝托大喊。「我已經四十年沒抓過鮪魚了。」

「不是啦，」迪多說：「不是我抓的，是菲亞。」

之後，菲亞每天早上都從迪多房間的窗戶飛出去，到了深夜才回來，嘴裡叼著一尾活蹦亂跳的魚。牠會飛下樓，降落在廚房桌上，向迪多和阿貝托展示新帶回的晚餐，身上落下的水滴形成一灘鹹水窪。

菲亞每出外飛行一趟，翅膀就長得更直更強壯。牠不再只能繞小

圈盤旋，迪多信誓旦旦說有幾次看到牠飛成一直線。牠飛得愈來愈遠，直到有一天，遠得迪多再也看不見牠的身影。那天夜裡，菲亞沒有回來。

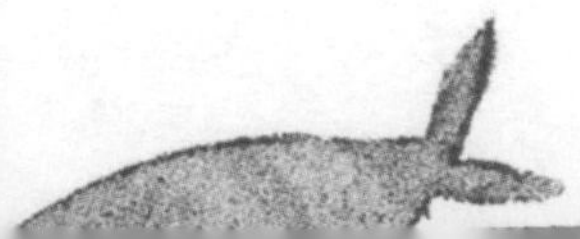

迪多的望遠鏡

迪多坐在臥室窗戶旁，望著窗外的平靜海面。他已經在那裡坐了兩週，一直在等菲亞回來。他照著阿貝托用來教他認字的書裡學到的，用紙卷做了一個望遠鏡探看。但是沒有用，還是找不到菲亞。

敲門聲輕輕響起，打破寂靜。迪多轉過身，一下子又轉回去。他知道是誰——阿貝托帶了甜點想引誘他下樓吃飯。但是沒有效，什麼甜點都一樣。在菲亞回來之前，他什麼都不吃。

「迪多？」阿貝托在走廊柔聲輕喊：「我能進去嗎？我帶了一些

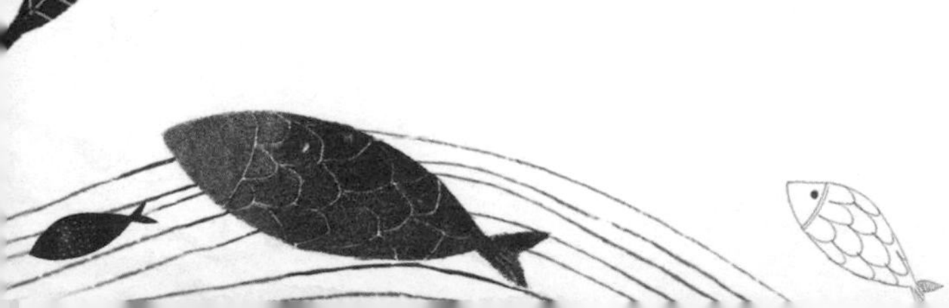

布丁，是你最喜歡的巧克力口味。」

聽到「巧克力」三個字，迪多的胃翻騰起來，嘴裡也開始分泌口水。但是他不願屈服。

「不用了，謝謝。」他說。

「迪多，拜託。」阿貝托懇求，「你得吃點東西。」

「不要，」迪多說：「我再也不要吃東西了。」

迪多聽到碗被擱在門口地板的清脆響聲，以及慈祥的老棺材匠走開時漸行漸遠的腳步聲。他轉頭望向大海，盯著平靜的海水。沒有浪濤拍擊下方的岩石，沒有魚跳上屋頂，也沒有彩虹鳥一飛沖天再向下俯衝，然後鳴唱著朝他飛來。

迪多想要大聲呼喚菲亞——向大海呼喊，拜託牠回來。他知道菲亞聽到他的聲音就會回來。但是他不能呼喊，一聲都不行。如果他大喊，聽到的人會告訴他爸爸。他就會被帶走，抓回遙遠的北方，再也見不到阿貝托或菲亞。

*

阿貝托上樓走向迪多．波尼朵的房間，看到擺在門外的整碗巧克力布丁動都沒動。他端起碗，換上新的一盤食物。

「迪多？」阿貝托輕敲木門。「迪多？」他再喊一聲。「我幫你買了一片恩佐的蘋果派。」

他看迪多不回答——迪多向來會回應幾句，不禁擔心起來。他乾脆自己開門進去。窗戶旁的椅子上空無一人，三張床鋪也都是空的。

「迪多？」他說：「你在哪裡？」

就像在玩捉迷藏，阿貝托開始在屋裡找人。等到檢查完每個房間的每吋地板、花園裡的每叢矮樹，還有工作坊裡的每副棺材，他終於明白了。迪多沒有躲起來，他逃走了。

阿貝托踏出屋外時，全亞羅拉鎮的燈火都已熄滅。山下的海水無比沉靜，甚至倒映出閃爍如鏤空鑲鑽蕾絲的熠熠星光。阿貝托這輩子從沒看過大海如此平靜。

他想不出迪多有什麼理由要下山進城，但他想到有一個理由會讓迪多登上山頂。

下方的房屋一片漆黑，亞羅拉的墓園卻一片光亮。在月光下，阿貝托打開柵門走了進去。他走到波尼朵小姐的墓前，很肯定迪多會在這裡——但是迪多不在。

驚慌之下，阿貝托開始在墓園裡尋找。直到望向鐘塔另一側，才

瞥見獨自站在亞羅拉山丘頂的矮小人影。

阿貝托穿梭在墳墓間，趕往迪多身邊。男孩正站著將望遠鏡緊貼在一邊的眼睛上，連阿貝托開口說話時也不鬆開。

「迪多？」他沉聲喊男孩。「你在做什麼？」

「在看。」

「看什麼？」

「看菲亞在哪裡。」

「牠太小了，從這裡看不到。而且現在太暗，要等白天有陽光才看得到，只有晚上的月光不夠。來吧，迪多。在別人發現你之前趕快回家。」

「那菲亞怎麼辦？」迪多放下望遠鏡，抬頭望向阿貝托，一隻眼睛周圍有圈紅印。「牠在哪裡？牠不會離開我的，絕對不會。牠就像

我媽媽一樣愛我。」

「啊，迪多。大海是很危險的地方，搞不好……搞不好……」雖然他們就在墓園裡，但阿貝托實在無法將死亡兩個字說出口。「搞不好牠受傷了，有人在照顧牠，直到牠康復。」

「你真的這麼覺得嗎？」好幾週以來，迪多的眼中第一次亮起盼望的光芒，不再只有絕望。

「不如我們回家幫牠煮碗粥吧？如果我們把粥放在窗台，牠可能會看到，就會飛回家了。來吧，迪多，我們得走了。太晚了，連狼群都睡著了。」

但在狼群可能都睡著的時候，有一個人睡不著。一位非常思念妹妹的老太太，懷想著妹妹的模樣，望向窗外大海時，看到了其他景象——一個老人和一個小男孩，一起站在亞羅拉山丘的丘頂。

自妹妹去世以來，克萊拉·費娜絲特拉終於想要說些什麼了。

善意的警告

清新明亮的午後，阿貝托下山進城。在盛夏的炙熱空氣中，連鞋裡的兩腳都被街道鋪石的熱氣烘暖。這天是個好日子，在十二個月的工作之後，他和迪多終於做好了鎮長的棺材。

即使前一晚發生了一些事，他和迪多還是一大早就起床完成工作。他們一起製作出阿貝托這輩子做過最棒的棺材。阿貝托很快就會向鎮長展示，但目前他有更重要的事情要做。他得進城買點什麼獎賞他的小學徒。

阿貝托走進麵包店，掛在門上的鈴鐺叮咚作響。

「午安，恩佐。」他走向櫃台，那一晚家中遭搜索之後，阿貝托已經去了麵包店好幾次，但他和恩佐都隻字不提那天晚上的事，也沒提恩佐為了幫忙朋友而撒的謊。「還有包奶油的小圓麵包嗎？」

阿貝托的眼光掃過玻璃櫃。時候已經不早，大部分架上都空了，但還有一些小點心和一個很大的派。

恩佐並未答話，阿貝托抬頭望向麵包師傅。他慌張得心跳漏了一拍。恩佐的臉色不怎麼好看。

「你還好嗎？」他問。

「沒事，我很好。阿貝托師傅，只是我擔心你不太好。」

「你究竟想說什麼？」他看起來像病了嗎？他不覺得身體有什麼不舒服，但或許自己一臉不舒服的樣子？

他還來不及回答，恩佐從櫃台後走出來，將店門上「營業中」的牌子翻了面顯示「休息中」。

「克萊拉看到你和孩子了。」他說：「她以她妹妹還未乾的墳土發誓。這次她沒有昭告全鎮，直接去找了鎮長，然後鎮長又去找波尼朵先生。」

「可是怎麼會？哪時候？在哪——？」恐懼讓阿貝托結結巴巴話不成句，但他總算擠出一句。「你怎麼知道？」

「波尼朵先生一小時前才來過店裡，找人手幫他搜查。他說今天晚上鐘敲十二響時要到你家，那時你跟孩子一定都睡著了。」

阿貝托驚慌得臉色發白，但還有更糟的消息。

「鎮長說波尼朵先生不用敲門，可以直接闖進去。有六名卡賓槍衛兵也會去。之前只是發現玩具，現在有人親眼看見一個孩子，這就是證據。」

「但那是克萊拉說的。」阿貝托說：「克萊拉的話什麼時候可以當證據了？我懷疑她這輩子是否講過一句真話。」

「你這話在去年冬天還有點道理，但是今年春天結束之後，她就變了。自從她妹妹過世，她就再也不曾散播謠言。那為什麼現在會這麼說？」

「可是……可是……」阿貝托努力想弄清楚。「你為什麼要告訴我？」

「因為我認識波尼朵先生不到一年，就確定他是壞人。可是你，阿貝托，我認識你一輩子了，我確信你是好人。如果克萊拉說的是真的，那我相信，我很確定，你一定有什麼理由才會把男孩藏起來。雖然我不確定是什麼，但你想要保護他，幫他躲開什麼東西或什麼人。」

「我該怎麼辦？」阿貝托說。

「我不知道。波尼朵先生說這次不找到孩子絕不會停手。他會拆了整棟屋子，打破所有棺材。他要是發起火來，我還真不敢不信邪。」

阿貝托腦袋裡亂哄哄的，努力想擠出一個辦法。「能把孩子藏在你這裡嗎？」

「我真希望能幫上忙，可是你也知道我太太。她幾乎和費娜絲特拉姊妹一樣糟。不管什麼進了我家，就連鞋子沾上的一點沙，她都唯恐全鎮有誰不知道。」

「我懂。」阿貝托說：「我會想辦法的。謝謝你，恩佐，謝謝你做的一切。」他轉身走向門口，恩佐叫住他。

「什麼都沒買就離開，別人一定會起疑，拿著。」恩佐將頭埋進玻璃櫃，然後端出一個很大的草莓派。這個派大得足以餵飽二十個人，上頭灑了大顆的金褐色糖粒。「阿貝托，祝你好運。」恩佐將派遞過來時說：「你一直是很好的朋友。」

「你也是。」

「我會盡量拖延他們。」

阿貝托離開後，恩佐關上店門，將門上的牌子翻回「營業中」。

阿貝托回到寂靜的屋裡，但寂靜並沒有維持很久。

「是草莓的嗎？」迪多問，他跟在阿貝托身後進了廚房。剛烤好的派皮香味將他從樓上窗邊吸引過來。

「是啊。」阿貝托說。他將派放在廚房桌上，在一旁的椅子坐下。迪多眼巴巴盯著草莓派，但是不打算開動。他還是什麼都不吃，

自從菲亞飛走，他連一丁點麵包屑都沒吃。為了不去想草莓派，他轉

向棺材匠。

「怎麼了？」他問。阿貝托一臉憂愁。

阿貝托低頭看著迪多發亮的小臉——他的臉頰就跟恩佐的草莓派一樣紅撲撲的——再環顧廚房，屋裡幾十年來頭一次這麼明亮乾淨。他看看恢復蓬勃朝氣的房子，再看看眼前的男孩，然後哭了起來。

「怎麼了？」迪多問：「你為什麼哭？」

「因為他們知道了。昨天晚上克萊拉看到我們了。迪多，對不起。」他兩眼噙滿淚水，眼中的迪多變得模糊。

「別擔心。」迪多說：「我會躲起來，就跟上次一樣。」不等阿貝托開口，他就轉身衝出房間。

阿貝托在鎮長的棺材裡找到迪多。

「迪多，出來吧。」

「不要。」男孩回答。他坐起來，開始拉上棺蓋。「你得把我蓋住。釘起來封住，跟上次一樣。」

「你不能躲在這裡。」阿貝托說：「鎮長如果看到他的棺材封住，一定會起疑心。」

「那再做一個棺材。我們一起趕工，不用很久就能做好。」

「來不及。他們今天晚上就要來找你了。」

「那我就躲到別的地方。躲到壁爐或櫃子裡，像在玩遊戲。我可以從早到晚都躲在裡面。」

阿貝托低下頭，望著從棺材向外窺探、滿是驚恐的小臉，老棺材匠心都碎了。「躲起來也沒用。這次行不通了，迪多。」

「什麼意思？」

「他知道你在這裡。有人看見你了。現在他確定你在這裡，不找

到你是不會罷休的。他可以翻遍每座城鎮找到你媽媽，也可以翻遍亞羅拉的每個角落、每座壁爐和每副棺材還有這棟屋子找到你。」

「他為什麼不放過我？」迪多在棺材裡嗚咽起來。

「因為他覺得你屬於他。」

「可是我不是。我是我自己的。就像你說過的，我就是我自己，不是他的。我不想跟他走。我想跟你待在這裡。」

「就連我自己都沒辦法待在這裡，至少以後不行了。」

「什麼意思？」

「他們知道我把小孩藏起來，而且欺騙了鎮長。沒什麼人會贊同我的行為。」

「可是你沒有做錯事，真不公平。他們會對你做什麼？」

「把我關起來。」

「關進牢裡？」

阿貝托點頭。想到要坐牢，他既無力又絕望，整個人深陷進椅子裡。迪多爬出鎮長的棺材，在他身旁坐下。

「別擔心。」他說：「我知道該怎麼辦。我去找他，說我一直偷偷躲在這裡，趁你出門的時候偷東西吃，你什麼都不知道。這樣他們就不會找你麻煩。」

「噢，迪多，你真是個善良的孩子。但要我眼睜睜看你回去找他，比後半輩子坐牢還難受。」

「總比我們兩個都被抓走來得好。」

「不行，迪多。」阿貝托語氣堅定。「你不能回去找他，我答應過你的。」

「那我們該怎麼辦？」

阿貝托想了好久好久，久到太陽落入海面，久到整棟老屋陷入黑暗。

「我們逃走吧。」他終於開口。

「又要逃？」迪多的臉垮下來。「我逃得好累。」

「迪多，對不起。」阿貝托正要勸說，「但這次我真的只能……」

這時，樓上傳來響亮的碰撞聲。

「什麼東西？」迪多問。

頭上的房間裡響起更多踩踏聲。

「我想是你爸爸。」阿貝托低聲說：「我們上當了。他騙恩佐，好轉移我們的注意力。不是今天晚上，是現在。他已經在屋裡了。」

菲亞的禮物

雖然阿貝托才說過躲起來沒有用，他還是幫迪多爬進鎮長的棺材，然後拉上棺蓋。他抓起一塊長木條，朝廚房走去。

阿貝托上樓時還靜悄悄的，但是當他走到樓梯間的平台，就聽到迪多的房間傳來抓撓聲。他握緊木條，鼓起勇氣一把推開房門。

他將手臂高舉到半空正要揮動木條，但他停住了。房門的另一邊不見波尼朵先生人影，只有一隻羽色鮮豔的巨鳥停在房間中央。

巨鳥聽到開門聲，轉過頭和阿貝托面對面。結塊的冷粥從巨鳥歪一邊的嘴喙尖端滴落。

「菲亞？」阿貝托踏進房間，檢查了一下門後。沒有其他人。他放鬆之際，大笑起來。他們聽到的不是鎮長闖進屋裡的碰撞聲，是菲亞降落在窗台上的聲音。牠打翻了一碗粥，然後狼吞虎嚥大吃起來。

阿貝托想起迪多還躲在樓下，趕緊回到工作坊。

「迪多？」他拉開棺蓋，一顆小腦袋冒出來。「別擔心，不是你爸爸。快來，看看是誰飛回來看我們了。」

一聽到有誰飛回來，迪多立刻跳出鎮長的棺材，衝向門口。

「菲亞！」他大喊，目光落在房間裡的鳥兒。「我就知道妳會回來。我就知道妳不會離開我。」

菲亞顧不得吃粥，飛進迪多懷裡。牠現在長得非常巨大，張開翅膀時蓋住了半個房間，還撞倒了壁爐架上的一盆花。

看著迪多擁抱菲亞，阿貝托把即將到來的危險全拋在腦後。但是當鐘塔敲響七下，他想起還有別人要找上門來。

阿貝托走到窗邊，向外張望。他知道他們得逃走，但是要逃去哪呢？今晚沒有離開亞羅拉的火車，而且卡賓槍衛兵一定會守住城門。他無比絕望，目光從鐘塔落在山丘，再落到腳邊灑落的粥。過了好一會兒，他才注意到燕麥粥塊底下躺著一個紅紅的東西。

他蹲跪下來拾起粥塊，在袖子上擦了擦。燕麥片都掉落之後，剩下一小塊紅色石頭在他的掌心閃閃發光。是一朵花——一朵紅寶石做的花。

阿貝托倒抽一口氣。「不可能啊。」他幾乎是喃喃低語。迪多和菲亞在房間另一頭熱鬧相聚，聽不見他。「只是故事，不可能是真的。」

阿貝托接著想起身邊種種不可能成真的事——把亞羅拉鎮當成家

的飛魚，驚恐不安卻安心待在他家的小迪多，還有最最不可能成真的——他，一個寂寞哀傷的老棺材匠，竟然又找到了活下去的理由。他開始相信，或許一切有可能成真。

「迪多？」他說：「我知道可以去哪裡了。」

原本在跟菲亞玩的迪多停下來，轉頭看阿貝托。「哪裡？」

「伊索拉。」

「但那只是個故事。」

「不，不是的。」阿貝托舉起紅寶石花。「菲亞一定去過那裡。牠一路飛到伊索拉島，帶回這朵花來證明，讓我們也能跟去。」

「可是我們沒辦法跟去，海上太危險了。」

「海面已經有好幾週都很平靜，而且沒有火車會開往伊索拉，你爸爸絕對沒辦法去那裡找我們。」

「可是我們要怎麼過去？」

「海面這麼平靜，我們可以搭船去。」

「但是我們沒有船。除非……」迪多眼睛一亮。「我們可以去偷一艘？」

「亞羅拉鎮根本沒有船可以讓我們偷，多年來不曾有人出海。」

阿貝托感覺成功逃走的美夢正在幻滅，但他忽然想到一個主意。「來吧，迪多。樓下有東西可以派上用場。」

「棺材？」迪多看著阿貝托，表情就像覺得他在胡言亂語。

「不是隨便的棺材，是鎮長的棺材。非常大，我們兩個都坐得進去，就連菲亞也坐得進去。」

房間另一頭的菲亞發出一聲快活的長鳴。

「可是棺材不是船。」迪多提醒。

「它可以當船。」阿貝托的語氣很振奮。「畢竟船就是可以漂起來的木造東西。」

「要是伊索拉島不在那裡呢？」

「那我們就一直向前划，一直划一直划，直到抵達非洲的荒野。而且你看。」他指著鑲嵌在鎮長棺材上的寶石。「到了非洲，我們可以把寶石全都賣掉，就有足夠的錢買一棟新房子。我們可以到別的地方展開新生活，你在那裡不用再躲躲藏藏。」

「我可以上學嗎？」

「不只上學，迪多，你還可以念大學。」

迪多倒抽一口氣。「那是什麼？」

「教你怎麼造船、治病救人，以及畫世界地圖的地方。」

迪多很喜歡大學聽起來的感覺，但還有一件事不放心。

「我們要吃什麼？」

「嗯，我們就帶著恩佐的草莓派，夠我們吃上好幾週。」

迪多和阿貝托得動作快，但他們還不能離開屋子。城鎮上的燈火仍然亮著，這時離開一定會被看見。如果波尼朵先生按照原本的計畫，他們就可以在半夜之前做好準備。

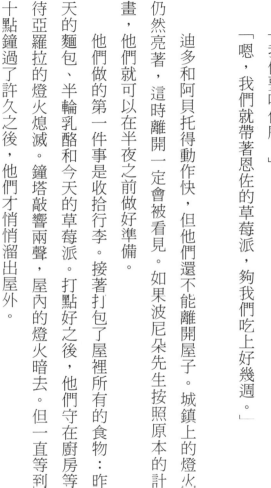

他們做的第一件事是收拾行李。接著打包了屋裡所有的食物：昨天的麵包、半輪乳酪和今天的草莓派。打點好之後，他們守在廚房等待亞羅拉的燈火熄滅。鐘塔敲響兩聲，屋內的燈火暗去。但一直等到十點鐘過了許久之後，他們才悄悄溜出屋外。

他們朝上坡的墓園前進，一路上只走在陰暗處，因為克萊拉今天晚上可能會嚴密監看。他們先將要帶的東西藏在鐘塔下方，再回來搬鎮長的棺材。

鎮長的棺材因為鑲滿寶石而十分沉重，但阿貝托和迪多還搬得動，他們只祈求它還能浮在水上。

一老一小將鎮長的棺材拖上山丘。他們將東西放進棺材時，鐘塔敲響十二下。阿貝托準備要出發，迪多堅持要做最後一件事。

「拜託。」他拉著阿貝托的手說：「這很重要。」

於是他們匆匆趕回屋裡，採下花園裡所有花朵。接著迅速從街道再爬上丘頂，將一堆堆鮮花分別放在五座墳墓上。

「一年份的花。」迪多說，他將最後一堆花放在母親的墓上。

「別忘了這朵。」阿貝托說。他將手伸進口袋，拿出菲亞掉在粥裡的紅寶石花。「這朵花夠抵一輩子的份。」

迪多拿起花，輕輕放在母親墓上。紅寶石花在月光下閃閃發光，宛如孤單的餘燼星火。

阿貝托打開墓園後門時，離午夜只剩下幾個小時。三十年不曾轉動的柵門鉸鏈彷彿痛苦哀鳴般發出刺耳吱嘎聲。兩人將行李放進棺材裡，抬起鎮長的棺材，走向岩岸旁的大海。

在岩石堆上移動時，溫暖的海水輕舔他們的雙腳。他們小心翼翼將棺材推入海裡。雖然添加了許多配件，但棺材毫不費力就浮起來。迪多爬進去時，棺材幾乎紋風不動，阿貝托跟著爬進去時也只下沉了一吋。

阿貝托抬頭往住了五十五年的亞羅拉鎮再看了最後一眼，便將棺材推離岸邊。

海面風平浪靜，但海水很快就帶著他們漂遠。月光照亮前路，菲亞在空中划動翅膀，好像在指引方向。他們沒多久就漂得很遠，如果回頭望向海岸，就能看到朝四面八方蔓延的亞羅拉鎮。

阿貝托和迪多出海十分鐘之後，鐘塔敲響十二下。鐘聲在海面上不斷迴盪，聽起來彷彿響了六十下。最後的回聲消逝時，山腳下亮起一盞燈火。燈火離開監獄大門，沿著亞羅拉街浩蕩行進。愈來愈多盞燈火加入，點點火光串連成一條火鏈，蜿蜒撲向阿貝托家。

人群抵達棺材匠家前門時，阿貝托不由得屏住呼吸。他想像人們打破窗戶衝進屋裡，燈火熊熊燃燒，叫嚷聲此起彼落，銳利目光掃遍全屋。他滿心恐懼，迪多差一點就要落在他們手裡了。他正要繼續想下去，迪多出聲了。

「你看到了嗎？」他問。

「看到了。」阿貝托語氣沉重。「他們到前門了。」

「不是。不是回頭看。是向前看。你看！」

阿貝托轉過頭。迪多將望遠鏡遞給他。紙筒已經起皺磨損，當他將望遠鏡舉到眼前，還是可以看到另一頭。他尋找遠方的地平線，什麼都看不到。阿貝托心中升起一絲疑慮——自己是不是錯了？他帶迪多去的是一個不存在的地方嗎？但菲亞飛下來，輕啄紙筒向左邊推了一點。

「是啊，迪多。」阿貝托說，語調充滿驚奇。「我看見了。」蒼老的雙眼泛起淚光。「是真的，我看到了。」幾千個光點，每一點都跟菲亞的羽毛一樣明亮，全都聚集在遠方海面的一座島上。從亞羅拉看不到，但只要離開陸地就能看見，好像非要從大海上才看得見。

「喏。」阿貝托放下望遠鏡，遞給迪多一塊木頭。「你拿著，迪多，開始划吧。划得愈大力愈好。」

於是，男孩、彩虹鳥和老棺材匠坐在鎮長的棺材裡，一起航向遠方的點點光輝，展望抵達神奇的伊索拉島之後的新生活。

致謝

謝謝第一個相信這個故事的波麗。

謝謝露西和蘿倫，採納這個故事並將它成書。

也謝謝安努斯嘉的美好插圖，讓這本書充滿活力。

謝謝你們。

小麥田 故事館

男孩、彩虹鳥與棺材匠

作　　者　瑪蒂妲・伍茲Matilda Woods
譯　　者　王　翎
插　　畫　安娜斯卡・艾勒帕茲Anuska Allepuz
封面設計　達　姆
協力編輯　葛蕎安

國際版權　吳玲緯
行　　銷　何維民　吳宇軒　陳欣岑　林欣平
業　　務　李再星　陳紫晴　陳美燕　葉晉源
總 編 輯　巫維珍
編輯總監　劉麗真
總 經 理　陳逸瑛
發 行 人　凃玉雲
出　　版　小麥田出版
地址：10483台北市中山區民生東路二段141號5樓
電話：(02)2500-7696
傳真：(02)2500-1967
發　　行　英屬蓋曼群島商家庭傳媒股份有限公司城邦分公司
地址：10483台北市中山區民生東路二段141號11樓
網址：http://www.cite.com.tw
客服專線：(02)2500-7718｜2500-7719
24小時傳真專線：(02)2500-1990｜2500-1991
服務時間：週一至週五09:30-12:00｜13:30-17:00
劃撥帳號：19863813　戶名：書虫股份有限公司
讀者服務信箱：service@readingclub.com.tw
香港發行所　城邦（香港）出版集團有限公司
地址：香港灣仔駱克道193號東超商業中心1樓
電話：+852-2508-6231
傳真：+852-2578-9337
馬新發行所　城邦（馬新）出版集團【Cite(M) Sdn. Bhd. (458372U)】
地址：41-3, Jalan Radin Anum, Bandar Baru Sri Petaling,
57000 Kuala Lumpur, Malaysia.
電話：+6(03) 9056 3833
傳真：+6(03) 9057 6622
讀者服務信箱：services@cite.my
麥田部落格　http://ryefield.pixnet.net
印　　刷　漾格科技股份有限公司
初　　版　2022年4月
初版二刷　2022年9月
售　　價　320元

ISBN 978-626-7000-30-4
Printed in Taiwan.

國家圖書館出版品預行編目資料

男孩、彩虹鳥與棺材匠／瑪蒂妲・伍茲(Matilda Woods) 作；王翎譯. -- 初版. -- 臺北市：小麥田出版：英屬蓋曼群島商家庭傳媒股份有限公司城邦分公司發行, 2021.04
面；　公分. --（小麥田故事館）
譯自：Boy bird and coffin maker.
ISBN 978-626-7000-30-4（平裝）

887.159　　110018254